Fridays for Frida

Eine alte Frau, eine kaputte Welt
und ein neuer Funken Hoffnung

Claus Mikosch

Umschlagmotiv: Kate Chesterton

Besonderer Dank gilt:

Dietrich Voorgang, Roxanne Sancto,

Swapna Panamthottathil, Daniel Mursa, Rabea Fischer

Herstellung und Verlag:

BoD – Books on Demand, Norderstedt

ISBN: 978-3-752-61184-7

Für meine Oma, die nie eine Frida war,
im Herzen aber eine hätte sein können.

1. Schlechte Nachrichten

Draußen tobte der Sturm. Der Regen rauschte fast horizontal durch die Luft und dicke Tropfen prasselten ans Fenster. Unten auf der Straße fuhr ein Paketwagen durch eine tiefe Pfütze, im Schritttempo und mit den Scheibenwischern auf höchster Stufe; ein junger Mann huschte über den Bürgersteig und versuchte verzweifelt, seinen wild flatternden Schirm zu kontrollieren. Dunkle Wolken verschluckten fast alles Tageslicht und lautes Donnern übertönte immer wieder das Peitschen des Windes.

Frida saß mit einer Tasse Tee an dem runden Küchentisch ihrer kleinen Wohnung und starrte in Gedanken versunken durchs Fenster. Frida war zweiundachtzig Jahre alt, hatte keine Haustiere und weder Auto noch Fahrrad.

Früher hatte sie als Deutschlehrerin an einem Gymnasium gearbeitet. Sie hatte ihren Beruf gerne ausgeübt und es als Privileg und besondere Aufgabe angesehen, jungen Menschen die Schönheit und Kraft der Sprache zu vermitteln. Wenn es nach ihr gegangen wäre, hätte sie noch einige Jahre länger gearbeitet, doch das Gesetz hatte etwas dagegen gehabt. Schon seltsam, solche Gesetze, die einer leidenschaftlichen Lehrerin das Arbeiten verbieten.

Ihr Leben als Pensionärin war recht unspektakulär. Die meiste Zeit war sie alleine, oben in der dritten Etage in ihrer Ein-Zimmer-Wohnung. Das Alter machte ihr immer mehr zu schaffen – ihr Rücken war müde und schmerzte oft, am Knie zwickte es und jede noch so leichte Erkältung beförderte sie tagelang ins Bett. Sie war immer viel in der Stadt unterwegs gewesen, in Cafés, bei Freunden und im Theater, doch im Laufe der Jahre hatte sie sich mehr und mehr zurückgezogen. Dank ihres schicken Tablets und dem Online-Bestellservice des Supermarktes brauchte sie noch nicht einmal einkaufen zu gehen. Sie hatte es sich daheim bequem gemacht.

Ein paar große Zweige flogen über die Straße und in der Ferne blitzte es. Frida nahm einen Schluck von ihrem Tee und seufzte. Wenn sie doch nur noch einmal für einige Momente jung sein könnte, dann würde sie jetzt rausgehen und im Regen tanzen. Aber sie hatte weder Lust auf eine weitere Erkältung noch wollte sie das Risiko eingehen, womöglich auszurutschen. Und außerdem hatte sie auch noch nie eine alte Frau im Regen tanzen gesehen. Vielleicht gehörte es sich einfach nicht.

Immerhin hatte ihr Augenlicht sie noch nicht verlassen, dafür war sie sehr dankbar. Somit konnte sie ihre Liebe für die Sprache weiter ausleben und Bücher lesen. Und Frida las viele Bücher, sie war eine richtige Leseratte. Egal, ob es eine traurige oder glückliche Geschichte war, ein Krimi, ein Klassiker oder gar ein Kinderbuch – sie liebte es einfach, über die Zeilen zu gleiten, Wörter tanzen zu sehen und in die Gedankenwelt fremder Menschen einzutauchen. Schon als junges Mädchen hatte sie Bücher förmlich verschlungen, ihre Mutter hatte immer gescherzt, dass sie mehr Buchstaben als feste Nahrung zu sich nahm.

Und gerade im Alter war das Lesen ein großartiges Geschenk, denn auch wenn sie immer seltener nach draußen kam, so halfen ihr die Bücher, ihren Geist in Bewegung zu halten. Jede bedruckte Seite war eine Möglichkeit zu einer Gedankenreise und bot die Chance, Neues zu entdecken und Schmerzen und Einsamkeit eine Weile zu vergessen. Und den katastrophalen Zustand der Welt ebenfalls.

Ein lauter Donner ließ das Fenster zittern. Gleich darauf folgte der nächste Donnerschlag, der Sturm zerrte an den Zweigen der Bäume und der sintflutartige Regen prasselte gegen die Scheiben. Frida stellte die halbleere Tasse auf den Tisch und schaltete das Radio ein. Sie hörte gerne Radio und würde es eigentlich viel öfter tun, wenn da nicht die ständigen schlechten Nachrichten wären.

„Wie schon in den vergangenen Jahren brennen auch diesen Spätsommer wieder riesige Flächen des Amazonas", hörte sie den Radiosprecher nüchtern verkünden. *„Die brasilianische Regierung hat versprochen, die Löscheinsätze zu verstärken."* Und dann: *„Zum Fußball: Am vierten Spieltag der Bundesliga ..."*

Frida schaltete das Radio wieder aus und ließ sich mit einem Kopfschütteln gegen die Stuhllehne fallen. Sie war fassungslos, wie alltäglich all die Schreckensnachrichten geworden waren. Die Lunge der Erde brannte und im nächsten Atemzug wurde über Fußball gesprochen. Müssten nicht alle Menschen sofort alles stehen und liegen lassen, wenn sie hören, dass die Lunge der Erde brennt? Frida konnte es einfach nicht verstehen, oder vielleicht wollte sie es auch nicht verstehen.

Und der brennende Regenwald war ja nicht das einzige

gravierende Problem. Die Arktis brannte auch. Die Arktis! Jeden Tag wurden immer noch viel zu viel Kohle und Öl verheizt, mit verheerenden Konsequenzen für die Luft, die alle atmen, und das Klima, in dem alle leben. Der ganze Konsum- und Verpackungswahnsinn hatte dazu geführt, dass Container mit Müll um die Welt geschifft wurden, nur um anderswo Land und Wasser zu verseuchen. Flüsse wurden vergiftet, Wälder getötet und Berge vergewaltigt; Unschuldige ertranken, Eisbären verhungerten und Kinder verdursteten. Dazu zahlreiche blutige Konflikte, auflodernder Rassismus, bedrohliche Epidemien, steigende Armut und wachsende Angst. Was war bloß los mit der Welt?

Natürlich hatte es früher schon Kriege und Umweltkatastrophen gegeben, dessen war sich Frida bewusst, aber das Ausmaß der Zerstörung schien mit jedem Jahr größer zu werden. Mittlerweile stellte der Mensch nicht mehr nur eine Bedrohung für seine unmittelbaren Nachbarn dar, sondern für die Lebewesen des gesamten Planeten!

Am schlimmsten fand Frida die Nachrichtensender im Fernsehen, die rund um die Uhr von dem globalen Horror berichteten. Das Drama der Welt war dort zu einer Unterhaltungssendung im Endlosformat geworden. Zum Glück sah Frida nicht viel fern, und solche Sender schon gar nicht. Trotzdem war ihr die traurige Realität durchaus bewusst. Eine Realität, die mit jedem Jahr, jedem Tag und jeder Stunde klarer wurde: Die Welt, sie war kaputt.

Während der nächste Donner grollte, erhob sich Frida, um sich etwas Salbe für ihr zwickendes Knie zu holen.

Zurück in der Küche, füllte sie ihre Teetasse auf und ließ sich wieder auf den Stuhl sinken. Sie krempelte das Hosenbein hoch und begann, die wohltuende Creme auf ihr Knie zu reiben.

Wenn es doch nur eine heilende Salbe auch für die kranke Welt gäbe, dachte sie. Sie würde die Erde damit sanft massieren, so oft wie nötig, zu jeder Tages- und jeder Nachtzeit. Aber eine solche Wundersalbe gab es nicht, jedenfalls kannte sie keine. Nein, sie fühlte sich vor allem der Umweltzerstörung völlig hilflos ausgeliefert. Immer öfter machte sie sich Sorgen – um das bisschen Zukunft, was ihr noch blieb, und vor allem um das Leben derer, die noch viel länger auf der Erde sein würden. Sie würde liebend gerne helfen, alles wieder gut zu machen, oder wenigstens etwas besser. Doch wie sollte das gehen? Was konnte eine einzelne, alte Frau schon ändern? Nichts.

Als sie mit dem Knie fertig war, nahm sie die Tasse in die Hand und ließ ihren Blick wieder aus dem Fenster wandern.

Der Sturm tobte weiter.

2. Wegsehen

Am nächsten Morgen hatte sich der Wind gelegt und es regnete nicht mehr. Hier und da schaffte es die Sonne sogar, kleine Lücken in der Wolkendecke zu finden. Frida beschloss, auf dem Balkon zu frühstücken. Sehr groß war er nicht, aber für einen klappbaren Tisch und zwei Holzstühle gab es genug Platz. Eigentlich hätte auch ein einzelner Stuhl gereicht, denn Besuch bekam sie ohnehin nur sehr selten. Doch Frida mochte die Gesellschaft des leeren Stuhls. Manchmal stellte sie sich vor, dass ihr Ehemann neben ihr säße und mit ihr in den Himmel schaute. Er war schon lange verstorben, aber sie hätte gerne mit ihm etwas Zeit auf dem kleinen Balkon verbracht.

Nach dem Frühstück blieb sie noch eine Weile sitzen, schlürfte an der zweiten Tasse Tee und genoss die warmen Sonnenstrahlen auf ihrer Haut. Mit einem Lächeln im Gesicht dachte sie an schöne Momente, die sie mit ihrem Mann erlebt hatte. Die aufregende Reise nach Nepal, wie lange war das schon her? Zwanzig Jahre, etwas mehr vielleicht. Die vielen verträumten Winterabende am Kaminfeuer, als sie sich gegenseitig Geschichten erzählt hatten. Oder als sie gemeinsam einen Apfelbaum in einem wilden Garten gepflanzt und sich ewige Liebe geschworen hatten – es war schon so lange her und doch kam es ihr vor wie gestern. Sie vermisste ihn.

In der Ferne läuteten Kirchenglocken. Es war zehn Uhr. Frida erhob sich, räumte den Tisch ab und verschwand im Badezimmer, um sich fertig zu machen. Sie hatte sich vorgenommen, endlich mal wieder ihre ehemalige Kollegin zu besuchen. Sie hatten an derselben Schule unterrichtet und waren nach ihrer Pensionierung in Kontakt geblieben. Doch während Frida auch noch im hohen Alter selbstständig leben konnte, hatte ihre ehemalige Kollegin weniger Glück gehabt.

Eine Viertelstunde später zog sie die Wohnungstür hinter sich zu und fuhr mit dem Aufzug bis ins Erdgeschoss. Sie musste sich ein wenig beeilen, schaffte es aber noch gerade rechtzeitig zur Bushaltestelle. Die Linie 19 kam wie immer zwei Minuten zu spät und blieb direkt vor ihr stehen. Frida stieg ein, löste ein Ticket und setzte sich auf den freien Platz hinter der Fahrerkabine. Acht Haltestellen hatte sie nun Zeit, aus dem Fenster zu gucken, die vorbeiziehende Stadt zu beobachten und sich auf das, was vor ihr lag, einzustellen.

Anfangs war sie fast jede Woche bei ihr gewesen, doch nach und nach waren ihre Besuche weniger geworden. Manchmal erwischte sie sich sogar dabei, wie sie den Wunsch verspürte, am liebsten gar nicht mehr hinzugehen, aber dann bekam sie sofort ein schlechtes Gewissen und machte sich doch wieder auf den Weg zu ihr. Sie tat es auch gerne, aber es war oft frustrierend, weil ihre ehemalige Kollegin längst in einer anderen Welt lebte.

Der Bus hielt mit einem leisen Quietschen und Frida stieg aus. Nach einem kurzen Fußweg erreichte sie schließlich ihr Ziel: das Altenheim. Sie betrat das zwei-geschossige Gebäude durch eine gläserne Schiebetür, ging am Pförtner vorbei und blieb kurz in der Eingangshalle stehen. Einige Heimbewohner fuhren in Rollstühlen um-her, manche standen in kleinen Gruppen zusammen und plauderten, und an zwei Tischen wurden Karten gespielt. Wären nicht die in weiß gekleideten Pflegerinnen und Pfleger gewesen, hätte es auch ein normaler Altentreff in irgendeinem netten Lokal sein können. Einige der Be-wohner waren noch jünger als Frida, sie fiel also nicht weiter auf in dieser unscheinbaren Umgebung. Doch leider hätte sie dort nach ihrer ehemaligen Kollegin ver-geblich gesucht. Mit dem Aufzug fuhr sie in die erste Etage. Ein weiterer Pförtner, dann eine geschlossene Tür. Frida klingelte und kurz darauf wurde ihr von einer Krankenpflegerin geöffnet.

„Guten Morgen", sagte sie.

„Guten Morgen, Frida", grüßte die junge Frau freund-lich zurück.

„Und, wie geht es ihr?"

„Ach, sie hat schon bessere Tage gehabt. Du weißt schon, die Wechsel der Jahreszeiten machen ihr immer zu schaffen."

Sie gingen nebeneinander den Gang entlang. Obwohl sie schon so oft hier gewesen war, hatte sich Frida noch immer nicht an die bedrückende Atmosphäre der ersten Etage gewöhnt. Alles wirkte düster, seltsame Laute waren zu hören und überall lag ein abstoßender Verwesungs-geruch in der Luft. Die sporadisch aufgestellten Duftlampen konnten daran auch nichts ändern. Vor einigen Zimmern saßen leblos wirkende Gestalten, als hätte jemand Figuren aus einem Gruselkabinett dort platziert. Einem alten, abgemagerten Mann tropften Frühstücksflocken aus dem Mund, während seine dicke Nachbarin angeregt mit einem Kaktus sprach. Verglichen damit erschien ein Friedhof im wahrsten Sinne wie ein himmlischer Ort.

„Hast du von den Bränden im Amazonas gehört?", fragte die Krankenpflegerin.

„Ja", erwiderte Frida. „Sie werden einfach nicht weniger, die schlechten Nachrichten."

„Nein, leider nicht."

„Manchmal macht mir das ganz schön Angst, was mit der Welt passiert."

„Das verstehe ich. Mir macht es auch Angst."

Sie schauten sich einen Moment schweigend an. Dann verabschiedeten sie sich und Frida klopfte an die offenstehende Tür von Zimmer 27. Ohne eine Antwort abzuwarten, trat sie ein. Es würde sowieso niemand antworten.

Fridas ehemalige Kollegin lebte bereits mehrere Jahre auf der Pflegestation des Heims. Sie litt unter schwerem Parkinson, konnte weder laufen noch richtig sitzen. Frida wusste schon nicht mehr, wann sie sie das letzte Mal an einem anderen Ort als im Bett gesehen hatte. Sie lächelte ihr zu, bekam jedoch nur einen verwirrten Blick zurück.

Ihre ehemalige Kollegin nuschelte einige unverständliche Worte, dann richtete sie ihre Augen starr zur Decke.

Frida setzte sich auf den Stuhl neben dem Bett und begann, aus ihrem Leben zu berichten – wohl wissend, dass ihre ehemalige Kollegin auch nicht viel mehr mitbekommen würde als der Kaktus von dem Monolog der dicken Frau. Sie erzählte ihr von den letzten warmen Sommerabenden, von dem Sturm des Vortages und von dem schönen Film, den sie kürzlich gesehen hatte.

Während sie mit sanfter Stimme sprach, klopfte es plötzlich an der Tür und ein Arzt trat ein. Er begrüßte die beiden und begann, Herz und Lungen seiner Patientin abzuhören. Frida kannte den Arzt noch nicht. Sie hatte nur gehört, dass er Spanier war. Fast das gesamte Personal des Heims kam aus anderen Ländern. Die Krankenpflegerin, mit der sie kurz zuvor gesprochen hatte, stammte aus Äthiopien; andere Pfleger kamen aus Ungarn, Griechenland und Syrien. Und die nette Köchin, die von Anfang an da gewesen war, war in Indien geboren. Frida konnte nicht begreifen, warum so viele Leute am liebsten noch heute die Grenzen geschlossen und alle Ausländer aus dem Land gejagt hätten. Es war doch wunderschön, Menschen aus verschiedenen Teilen der Welt hier versammelt zu haben. Ihr war völlig egal, wie jemand aussah und wo er herkam. Was zählte, waren die Taten. Hier im Heim kümmerten sich alle um ihre kranke Kollegin – wieso sollten solche Menschen aus dem Land gewiesen werden?

Der Arzt nahm den Krankenbericht vom Fuße des Bettes und überflog ihn. Frida ließ ihre Augen durchs Zimmer wandern und blieb schließlich am Fernseher hängen. Der Ton war ausgeschaltet, doch die Bilder flackerten über den Schirm. Es waren die gleichen Bilder wie überall anders auch: Flüchtlingsboote, Überschwemmungen und Waldbrände.

„Schlimm, nicht wahr?", sagte sie zu dem Arzt und deutete in Richtung Bildschirm.

Der Arzt drehte sich kurz um, dann schüttelte er den Kopf und schaute wieder auf den Krankenbericht.

„Ich versuche die Nachrichten zu vermeiden", sagte er in gleichgültigem Ton. „Ich sehe jeden Tag schon genügend Leid bei der Arbeit, da brauche ich nicht noch andere Dinge, die mich deprimieren."

Frida warf einen Blick auf die Patientin, die immer noch regungslos zur Decke starrte.

„Ja, ich kann Sie gut verstehen", sagte sie. „Aber Sie bekommen doch bestimmt trotzdem mit, was in der Welt geschieht. Macht Ihnen das keine Angst?"

Der Arzt zuckte mit den Schultern.

„Warum sollte ich Angst haben, wenn ich sowieso nichts dran ändern kann?"

„Meinen Sie denn wirklich, dass Sie nichts tun können?"

Schließlich war er ein Arzt, dachte sie, und nicht nur eine alte Frau.

Er schüttelte erneut den Kopf und legte die Kladde mit dem Bericht zurück an ihren Platz. Dann setzte er sich auf die Bettkante und sah Frida an.

„Die einzigen, die etwas ändern können, sind die da oben: die Politiker, die Reichen, vielleicht auch Gott. Aber ich? Nein, ich kann die Welt nicht retten. Und deswegen ist es doch besser, das ganze Drama zu ignorieren. Oder wollen Sie unbedingt unglücklich sein?"

Er zwinkerte ihr zu und erhob sich.

„Ihr geht es den Umständen entsprechend gut. Machen Sie sich keine Sorgen."

Mit diesen Worten verließ er das Zimmer und Frida blieb alleine mit dem stummen Fernseher und ihrer halbtoten Kollegin zurück.

Noch eine ganze Weile dachte sie über die Worte des Arztes nach. Vielleicht hatte er recht, vielleicht konnten nur die Mächtigen etwas ändern. Und wenn es wirklich so war, dann machte der Arzt das einzig Sinnvolle: wegsehen und versuchen, glücklich zu sein.

Aber so schnell wollte Frida nicht akzeptieren, dass sie nichts tun konnte. Denn irgendetwas konnte man doch immer tun, selbst wenn es nur eine winzige Kleinigkeit war. Sie wusste nicht, wo sie anfangen sollte, was die ersten Schritte sein könnten. Und selbst wenn sie etwas tat – konnte dieser Beitrag einer alten, pensionierten Frau überhaupt noch ein bedeutungsvoller Beitrag zur Verbesserung der Welt sein? Doch eines wusste sie sehr wohl: So attraktiv das Wegsehen manchmal auch war, hatte es doch noch nie etwas besser gemacht.

Sie schaute nachdenklich zu ihrer ehemaligen Kollegin, dann blickte sie durchs Fenster zum Himmel und sah dabei in den Augenwinkeln die hektischen Bewegungen auf dem Fernsehschirm. In einer Sache stimmte sie dem Arzt zu: Ständig die Bilder von den unzähligen Katastrophen zu sehen half niemandem. Wenn überhaupt, führte es zu Depressionen, und wenn jemand deprimiert ist, ist es schwierig, etwas zu verändern und zu verbessern. Frida brauchte kein permanentes Bombardement mit schlechten Nachrichten, um Mitgefühl für die Natur und all ihre leidenden Wesen zu entwickeln. Was sie brauchte, war ein Plan oder wenigstens eine Idee, um ihr Mitgefühl in Taten zu verwandeln.

Sie stand auf und schaltete das Fernsehgerät aus. Dann zog sie den Stuhl näher ans Bett heran, setzte sich wieder und ergriff die Hand ihrer ehemaligen Kollegin. Diese drehte langsam den Kopf zu ihr und schien für einen Moment zu lächeln. Frida lächelte zurück, doch der wache Moment war schon vorbei und sie starrte wieder mit leerem Blick durch sie hindurch.

Während Frida weiter ihre Hand hielt, beneidete sie sie auf einmal. Ihr Leben war weder aufregend noch schrecklich angenehm, aber immerhin bekam sie von den vielen schlechten Nachrichten nichts mehr mit. Sie brauchte sie nicht einmal zu ignorieren, für sie existierten sie einfach nicht. Andere mussten sich anstrengen, um wegzusehen und die Augen vor der Realität zu verschließen – sie hingegen lebte einfach in einer anderen Realität. Doch für Frida war es anders. Sie war sich bewusst, was um sie herum passierte. Und weil es sie tief bewegte, konnte sie weder ihre kranke Kollegin noch die kranke Welt ignorieren.

Liebevoll drückte sie ihre Hand. Dann kramte sie ein Buch aus ihrer Tasche, schlug es auf und begann, ihr daraus vorzulesen.

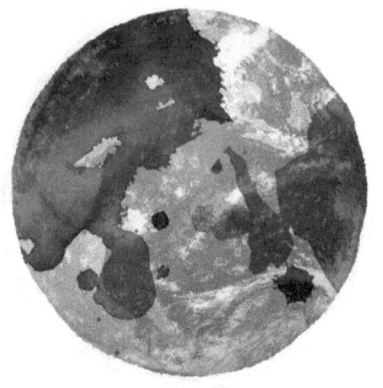

3. Ein neuer Funken Hoffnung

Zwei Tage später war Freitag. Frida liebte Freitage! Nicht, weil es der letzte Tag ihrer nichtexistierenden Arbeitswoche war, und auch nicht, weil sich Freitage irgendwie nach Freiheit anhörten. Nein, sie liebte Freitage, weil freitags immer ihr Enkel Paul zu Besuch kam.

Paul war sechzehn Jahre alt und das einzige Kind ihres einzigen Sohnes. Frida hätte gerne mehr Kinder und am liebsten auch einen Haufen Enkelkinder gehabt, aber beides war ihr nicht vergönnt gewesen. Das Verhältnis zu ihrem Sohn war angespannt – sie empfand ihn als arrogant und selbstsüchtig, und außerdem hatte er seltsame politische Ansichten. Er arbeitete viel und nahm sich, bis auf Weihnachten, nie Zeit für sie. Mit ihrer Schwiegertochter war es etwas besser, sie war stets freundlich und nett, aber sie ließ sich leider viel zu sehr von ihrem Mann herumkommandieren. Ständig musste sie etwas für ihn erledigen, deshalb hatte auch sie keine Zeit für Besuche.

Ganz anders Paul. Schon in seiner Grundschulzeit hatte er sie freitags besucht. Und obwohl sich sein Terminkalender im Laufe der Jahre zunehmend gefüllt hatte, hatte er immer an ihrem gemeinsamen Tag festgehalten. Es war zu einem besonderen, wöchentlichen Ritual geworden, das nur selten von Urlauben und Krankheiten unterbrochen wurde. Frida war ihm dankbar für seine außergewöhnliche Loyalität. Sie liebte seine Gesellschaft, sein Schweigen und sein Lachen und das Gefühl von glücklicher Familie, das er ihr gab. Es war also nicht verwunderlich, dass sie sich wie ein kleines Kind auf jeden Freitag freute.

Paul kam immer direkt nach der Schule zum Mittagessen und Frida kochte ihm stets sein Lieblingsgericht: Nudelauflauf. Vielleicht hatte seine Loyalität mit genau diesem Nudelauflauf zu tun, dachte sie manchmal. Und da sie sich nicht völlig sicher war, hatte sie die Speisekarte vorsichtshalber noch nie geändert.

Nach dem Essen gingen sie normalerweise im nahegelegenen Park spazieren. Es war nur ein kleiner Park, von einer Seite bis zur anderen brauchten sie nicht mehr als zehn Minuten. Doch einige der Bäume, die dort standen, gehörten zu den ältesten Bäumen der ganzen Stadt. Sie waren noch viel älter als Frida! Schon als junges Mädchen hatte sie die alten Riesen bei Spaziergängen an der Hand ihrer eigenen Großmutter bewundert. Damals hatten die Bäume nicht in einem Park gestanden, sondern waren Teil eines großen Waldes gewesen. Heute waren sie die letzten Überlebenden dieses Waldes.

Frida und Paul gingen bei fast jedem Wetter in den Park. Wenn es regnete, boten die Baumkronen ihnen ein schützendes Dach, bei Hitze spendeten sie ihnen kühlen Schatten. Manchmal setzten sie sich für eine Weile auf eine der Parkbänke und wenn sie daran gedacht hatten, Vogelsamen mitzunehmen, fütterten sie die Enten in dem kleinen Weiher. Meistens schlenderten sie jedoch einfach umher und sprachen über alles, was ihnen begegnete und was sie bewegte. Über die Schule, die Paul nervte und die Frida vermisste; über seine Eltern, die Paul ebenfalls nervten und die Frida nicht verstand; über die gruseligen Gestalten auf der ersten Etage des Altenheims, über Fremde, Freunde und Träume. Frida erzählte ihm Anekdoten aus ihrem langen Leben: vom Neuanfang nach dem Krieg, von den turbulenten spätsechziger Jahren, die sie als protestierende Referendarin erlebt hatte, oder aber auch von der glücklichen Zeit mit ihrem Ehemann. Sie wusste nicht, ob ihren Enkel die alten Geschichten wirklich interessierten, aber sie gehörten nun mal zu ihrem Leben dazu. Und für den Fall, dass sie ihn doch langweilten, achtete Frida darauf, die Geschichten kurz zu halten. Denn eine Oma, die einschläfernde Monologe über ihre Vergangenheit hält, so eine Oma wollte sie nicht sein.

Als es an der Tür klingelte, war das Essen bereits fertig. Frida machte auf, begrüßte Paul mit einer freudigen Umarmung und bat ihn zu Tisch.

Während sie aßen, sah Paul sie heimlich mit einem mitleidigen Blick an. Es gab etwas, das er ihr sagen wollte; etwas, das ihm unangenehm war. Frida spürte es, sie brauchte seinen Blick gar nicht zu sehen. Hätte sie jedoch gewusst, was ihm auf dem Herzen lag, dann hätte sie nicht so ruhig zu Ende gegessen. Sie konnte nicht ahnen, dass es vorerst ihr letzter gemeinsamer Freitag sein würde.

Paul brachte die Teller in die Küche und Frida zog sich unterdessen eine dünne Jacke über. Dann verließen sie die Wohnung, fuhren mit dem Aufzug nach unten und gingen die Straße entlang bis zum Park. Der Himmel war von grauen Wolken bedeckt und ein frischer Wind kündigte den bevorstehenden Herbst an.

Da ihr Enkel die ganze Zeit schwieg, übernahm Frida das Reden. Sie schwärmte von den wunderschönen Laubbäumen, deren Blätter sich angefangen hatten zu verfärben, und von den herrlichen Sonnenuntergängen, die es bald wieder geben würde. Sie erzählte von der dicken Frau aus dem Heim, die sich angeregt mit dem Kaktus unterhalten hatte. Paul lachte kurz, dann verfiel er wieder in ernstes Schweigen.

Als sie bei der großen alten Buche am nördlichen Ende des Parks angekommen waren, blieb Frida stehen und schaute ihrem Enkel in die Augen.

„Was ist los, Paul?"

Er blieb noch einen Moment stumm, dann ließ er die Schultern sacken und verkündete ihr die Neuigkeiten.

„Es gibt so eine Bewegung von Jugendlichen, Fridays for Future heißt die. Jeden Freitag protestieren sie für mehr Klimaschutz. Ich mache da jetzt auch mit."

„Das ist doch großartig", sagte Frida sofort. Im Radio hatte sie schon von Fridays for Future gehört. Sie freute sich, dass ihr Enkel beschlossen hatte, sich für die Natur zu engagieren.

„Leider ist es notwendig. Und leider bedeutet es auch, dass ich freitags nicht mehr zu dir kommen kann."

Nun war es Frida, die verstummte.

„Ich werde dich natürlich weiterhin besuchen, nur nicht mehr freitags."

Sie täuschte ein Lächeln vor. Sie hatte immer gewusst, dass die Freitage nicht für ewig heilig sein würden, dass er irgendwann nicht mehr kommen würde. Aber sie hatte gehofft, dass es wenigstens so bleiben würde, bis er seine Schule beendete. Traurig wanderte ihr Blick ins Nichts. Worauf sollte sie sich die ganze Woche freuen, wenn Freitage wie alle anderen Tage sein würden?

„Ich habe zwar viel zu tun, du weißt schon, die Schule, der Sport, Freunde und jetzt auch noch die Proteste. Aber ich verspreche dir, dass ich regelmäßig kommen werde. Vielleicht nicht jede Woche, aber jede zweite!"

Wieder lächelte sie. Dieses Mal war es ein ehrliches Lächeln. Sie gab ihrem Enkel keine Schuld, sondern war einfach betroffen, die geliebten Freitage zu verlieren. Aber er hatte ja recht: Sie konnten sich auch an anderen Tagen sehen. Und in einigen Jahren würde Paul wahrscheinlich sowieso wegziehen, um woanders zu studieren, oder er würde auf lange Reisen gehen, so wie er es sich immer erträumt hatte. Es war also vielleicht gar nicht so schlecht, dass sich Frida langsam an andere Freitage gewöhnte.

„Mach dir keine Sorgen um mich", sagte sie schließlich. „Wenn du Zeit hast, mich zu besuchen, freue ich mich – egal, wann und egal, wie oft. Ich verstehe gut, dass du wichtigere Dinge zu tun hast."

„Ach Oma, das heißt aber nicht ..."

„Ich weiß", unterbrach sie ihn. „Ich bin auch wichtig. Und es macht mich sehr glücklich zu wissen, dass du mich weiter besuchen willst. Aber im Leben ist das halt manchmal so: Jemand kann dir unheimlich viel bedeuten und doch gibt es Phasen, in denen andere Dinge wichtiger sind."

Sie schenkte ihm ein weiteres, großmütterliches Lächeln, dann hakte sie sich bei ihm ein und spazierte wieder los.

„Erzähl mir mal, was ihr genau macht bei dieser Bewegung. Viel weiß ich bisher nicht."

Und so begann Paul, von Fridays for Future zu berichten. In vielen Ländern der Erde blieben immer mehr Schüler jeden Freitag dem Unterricht fern. Statt zu pauken und für die eigene Zukunft zu lernen, kämpften sie auf der Straße für die Zukunft von allen. Denn die Zukunft stand in Gefahr – jedenfalls eine gesunde und glückliche Zukunft, eine, die noch lebenswert war. Während sich das Klima immer schneller erwärmte und die Umwelt immer stärker in Mitleidenschaft gezogen wurde, redeten Politiker und Wirtschaftsvertreter lieber von Arbeitsplätzen und Wachstum. Umweltschutz wurde zwar nicht gänzlich ignoriert, doch die Veränderungen passierten viel zu langsam und zu zaghaft. Die Jugendlichen hatten deshalb die Initiative ergriffen und forderten ein rasches Umdenken und vor allem radikales Handeln. Denn es waren die Jugendlichen, die am meisten unter der Zerstörung der Natur leiden würden.

„Ja, es ist in der Tat schrecklich", sagte Frida. „Hast du von den Waldbränden im Amazonas gehört?"

Paul nickte und musste sich zusammenreißen, nicht wütend zu werden. Schweigend gingen sie eine Weile den Weg entlang, vorbei an gepflegten Rasenflächen und alten

Bäumen.

„Also ich finde es prima, dass ihr versucht, etwas zu ändern", ermutigte Frida ihn. „Was sagen denn eure Lehrer? Unterstützen sie euch?"

„Geht so", sagte Paul. „Einige helfen uns, doch viele meckern auch. Sie reden von der gesetzlichen Pflicht, am Unterricht teilzunehmen, und meinen, dass wir nicht einfach streiken können. Aber was bringt es uns, für eine Zukunft zu lernen, die wir gerade in eine Hölle verwandeln? Sollte es nicht besser eine gesetzliche Pflicht sein, die Umwelt zu schützen?"

Frida seufzte. Wie recht ihr Enkel hatte. Sie fand, dass Schulschwänzen in dieser Situation absolut gerechtfertigt war. Eigentlich sollte der Einsatz für die Natur sogar mit guten Noten belohnt werden! Wenn sie selbst noch Lehrerin gewesen wäre, hätte sie sich auf jeden Fall auf die Seite der Streikenden geschlagen.

„Und deine Eltern?"

„Meine Eltern? Du kennst doch meine Eltern", erwiderte Paul frustriert. „Mein Vater sagt, ich solle den Unsinn lassen. Er meint, dass das mit dem Klimawandel völlig übertrieben ist. Alles eine Verschwörung der grün versifften Parteien, die ihm mit Verboten seine Freiheit rauben wollen."

„Oh je, immer noch derselbe", nahm Frida mit einem Kopfschütteln zur Kenntnis.

„Und meine Mutter leugnet die Probleme zwar nicht, aber ändern tut sie trotzdem nichts. Sie schafft es noch nicht einmal, den Abfall richtig zu sortieren." Er warf seiner Oma einen fassungslosen Blick zu. „Ständig finde ich Papier im Plastikmüll und Plastik im Papierkorb. An schwierigere Herausforderungen braucht man da gar nicht erst zu denken. Außerdem bezweifelt sie, dass ich mit meinen Freunden wirklich etwas erreichen kann."

Frida musste an das Gespräch mit dem spanischen Arzt denken, der ihr gesagt hatte, nur die Reichen und Mächtigen könnten etwas ändern. Sie erzählte Paul davon.

„Genau das ist das Problem", sagte er. „Alle denken, die anderen müssen etwas tun. Mit dem Ergebnis, dass niemand etwas macht."

„Und wenn niemand etwas macht, kann es auch nicht besser werden", ergänzte Frida.

„Nein, kann es nicht. Aber wir haben keine Zeit mehr, darauf zu warten, dass irgendjemand irgendwann vielleicht doch noch etwas unternimmt. Wenn es so weitergeht, wird die ganze Welt innerhalb von zehn oder zwanzig Jahren im totalen Chaos versinken."

Zwanzig Jahre kamen Frida weit weg vor. Wahrscheinlich würde sie dann gar nicht mehr leben, und selbst die Generation von ihrem Sohn würde nicht mehr viel von all dem Unheil mitbekommen. Doch eigentlich brauchte sie gar nicht in die Zukunft zu schauen, denn schon jetzt waren die Nachrichten kaum auszuhalten. Dabei gab es bestimmt auch Möglichkeiten, alles anders zu machen. In Frieden zu leben, miteinander und mit der Natur.

Sie spazierten an einem kleinen, gut besuchten Spielplatz vorbei. Einige Kinder schaukelten und rutschten, andere bauten Sandburgen. Kurz darauf erreichten sie den

Weiher und blieben direkt am Wasser stehen. Frida holte die Tüte mit den Vogelsamen aus ihrer Jackentasche und fing an, die Enten zu füttern. Paul stand neben ihr, die Hände in den Seitentaschen seiner Kapuzenjacke.

„Der Zeitpunkt zu handeln, ist jetzt", fasste er zusammen. „Und deswegen werden wir weiter die Schule schwänzen, mit Plakaten auf die Straße ziehen und für unsere Zukunft kämpfen. So lange, bis wir gehört werden und sich etwas ändert."

Er griff in die Tüte, holte eine Handvoll Samen heraus und begann ebenfalls, sie ins Wasser zu werfen. Und während sie nachdenklich dort am Ufer standen und die hungrigen Enten fütterten, merkte Frida auf einmal, wie sich tief in ihrem Inneren Widerstand regte. Widerstand gegen die eigene Untätigkeit! Sie fühlte sich inspiriert von Paul und den anderen Jugendlichen, die Verantwortung übernommen hatten und sich gegen die Zerstörung der Natur wehrten. Gegen die Zerstörung des eigenen Lebensraums! Auch sie wollte nicht länger zusehen und einfach nur auf Hilfe warten – vermutlich vergeblich!

„Was könnte denn jemand wie ich tun?", fragte sie ihn.

„Du willst etwas tun?"

„Ja."

Paul schmunzelte.

„Kein Problem. Ich werde dir eine Liste schicken."

„Eine Liste?"

„Ja. Die Liste des Handelns."

Frida riss die Augen auf. ‚Die Liste des Handelns', wiederholte sie in Gedanken. War das womöglich die

Wundersalbe, die sie sich gewünscht hatte? Die ersten Schritte einer heilenden Reise?

Sie spürte Zuversicht und frische Lebensenergie in sich aufsteigen und klopfte Paul dankbar auf die Schulter. Ihr streikender Enkel hatte diesen neuen Funken Hoffnung in ihr entfacht. Hoffnung, die kaputte Welt vielleicht doch noch ganz machen zu können.

Als sie sich wenig später auf den Rückweg machten, lächelte sie. Zwar war es vorerst ihr letzter gemeinsamer Freitag, aber dafür war es ein ganz besonderer.

Es war die Geburt einer neuen Frida.

4. Zwischen Staunen und Panik

Noch am selben Abend setzte sich Frida mit ihrem Tablet aufs Sofa, um zur Klimakrise zu recherchieren. Sie wusste zwar schon allerhand, doch Paul hatte ihr geraten, sie solle sich ein möglichst genaues Bild von der prekären Situation machen. Denn nur wenn sie die wahren Folgen unserer zerstörerischen Lebensweise kannte, würde sie sich vorstellen können, was auf uns zukommt, wenn wir weitermachen wie gehabt. Wer nicht wusste, wie stark und wie schnell sich die globale Katastrophe ausbreitete, konnte sie allzu leicht unterschätzen.

Frida war im Zweiten Weltkrieg geboren. An den Krieg konnte sie sich fast nicht mehr erinnern, aber sehr wohl an die harte Zeit danach. Und die Erzählungen ihrer Eltern und Nachbarn, von all denen, die den Krieg erlebt hatten, reichten ihr als Abschreckung voll und ganz. Heutzutage hatte die Mehrheit der Menschen selbst keinen Krieg erlebt und die Möglichkeit, Berichte aus erster Hand von Zeitzeugen zu hören, wurde auch immer kleiner. Es schien so unwirklich, ein Krieg vor der eigenen Haustür.

Mit der Klimakatastrophe war es ähnlich: Die ersten Opfer waren alle weit weg – zu weit, um richtig Angst zu machen. Statt den Notstand zu erkennen und gezielt zu handeln, dachten die meisten, dass es schon nicht so schlimm werden würde. Auch Frida kamen diese Gedanken bekannt vor – sie machte sich Sorgen, aber ihre Sorgen waren bisher nicht groß genug gewesen, um in ihr ein Gefühl von Dringlichkeit auszulösen. Und vielleicht noch schlimmer als die fehlende Vorstellungskraft für die drohende Klimakatastrophe war das Fehlen einer positiven Vision. Wie konnten die Menschen ein glückliches Leben führen und gleichzeitig all die riesigen Probleme lösen? Wie genau sah eine bessere Welt aus?

Während draußen ein ungemütlicher Herbstwind wehte und penetranter Nieselregen niederging, begann Frida, durchs Internet zu surfen. Sie las dutzende Artikel, studierte Diagramme und Prognosen und sah sich zahlreiche Interviews mit Wissenschaftlern an. Sie staunte, wie viel es über die Klimakrise zu lernen gab, und wunderte sich, dass im Alltag so wenig darüber gesprochen wurde. Es schien ihr, als würden die Wissenschaftler leise ihrer Arbeit nachgehen, während andere den Krach machten: die Wirtschaftsvertreter, die Politiker, der Fußball. Die Welt raste auf den Abgrund zu, doch fast alle waren zu beschäftigt mit Arbeit, Liebeskummer und Sonderangeboten.

Frida seufzte. Die Informationen, die sie im Internet fand, waren noch viel ungemütlicher als das Herbstwetter draußen vor der Tür. Die Erdatmosphäre erwärmte sich immer mehr und dadurch geriet das Klima völlig aus dem Gleichgewicht. Alles wurde intensiver: Hitze, Kälte, Regen, Dürre, Stürme und Überschwemmungen. Schon jetzt nahmen Waldbrände und Missernten ständig zu, es gab immer öfter neue Temperatur- und Niederschlagsrekorde und verheerende Monsterstürme. Die Arktis schrumpfte und Wüsten wuchsen, abertausende Tiere und Pflanzen verloren ihren Lebensraum und starben aus. Und das war erst der Anfang! Das schmelzende Eis an den Polen ließ den Meeresspiegel ansteigen – bald würden ganze Inseln verschwinden und riesige Städte wie New York und Mumbai unbewohnbar werden. Nein, nicht nächstes Jahr, aber die Kinder von heute hatten gute Chancen, den Untergang von großen Metropolen selbst mitzuerleben. Noch in diesem Jahrhundert würden hunderte Millionen Menschen in die Flucht getrieben werden, von Wassermassen und Wassermangel. Es würde schreckliche Hungersnöte geben, tropische Krankheiten fernab der Tropen und meterhohen Schnee in Australien.

Frida schüttelte immer wieder den Kopf. So viele schockierende Berichte und erschreckende Zahlen. Und die Gegenmaßnahmen schienen aussichtslos. Was nutzte das Ziel, die Erderwärmung auf anderthalb Grad zu begrenzen, wenn dieses Ziel längst nicht mehr zu erreichen war? Wie schlimm würde es werden? Zwei Grad? Drei? Vier? Oder sogar noch mehr?

Anfangs hatten die Menschen gedacht, dass einige Grad mehr oder weniger doch kein großes Problem sein sollten. Dann wären die Sommer eben etwas wärmer – war das nicht sogar begrüßenswert? Nein, das war es leider nicht. Frida fand einen Vergleich, der ihren Atem stocken ließ: Die Erde war ein lebendiger Organismus, genau wie der menschliche Körper, und wie beim Körper machten auch bei der Erde ein paar wenige Grad den Unterschied zwischen Gesundheit, Krankheit und Tod aus. Zwei Grad globale Erwärmung bedeuteten also nicht zwei Grad wärmeren Sommergenuss in Deutschland, sondern weltweites Klimachaos!

Spätestens als Frida über die gefährlichen Kipppunkte las, staunte sie nicht mehr, sondern war kurz davor, in Panik zu verfallen. Wenn bestimmte Schwellen überschritten werden, werden Prozesse in Gang gesetzt, die nicht mehr aufgehalten werden können – Kipppunkte! Wenn ein Teller über den Tischrand geschoben wird, ändert sich eine Weile nur die Position des Tellers, doch irgendwann wird der kritische Punkt erreicht, an dem der Teller kippt und herunterfällt. Im Klimasystem, las Frida, gab es gleich mehrere dieser Kipppunkte. Zum Beispiel das Auftauen der Permafrostböden: Ein Viertel der Landfläche auf der Nordhalbkugel war dauerhaft gefroren – wenn dieser Boden auftauen würde, würden gigantische Mengen Methangase freigesetzt, wodurch die Erderwärmung enorm beschleunigt werden würde. Und nicht nur das: In den gefrorenen Böden schlummerten auch unbekannte, potenziell höchst gefährliche Viren, für die niemand ein Heilmittel oder eine Impfung hätte. Die Menschen würden ab einem bestimmten Punkt jegliche Kontrolle verlieren und könnten nur noch hilflos zusehen, wie sich der Planet Erde in eine Hölle verwandelt. Zumindest eine Hölle für sie selbst – Bakterien hätten große Freude an den neuen Lebensbedingungen. Und sie hatten allen Grund zur Vorfreude, denn das Auftauen hatte bereits begonnen.

Je mehr Frida recherchierte, desto größer wurde ihr Entsetzen und auch ihre Angst. Eigentlich hätte sie ihr Tablet beiseitelegen und einer weniger deprimierenden Tätigkeit nachgehen sollen. Aber sie wollte den Rat ihres Enkels befolgen und sich so gut wie möglich informieren. Sie verbrachte daher das ganze Wochenende auf dem Sofa und legte nur Pausen ein, um Tee zu kochen, zu essen und zu schlafen. Sie schaute sich Dokumentarfilme an, las aktuelle Studien und tauchte immer tiefer in die Thematik der Klimakrise ein. Immer wieder entdeckte sie neue Probleme und Horrorszenarien, die scheinbar unaufhaltsam ihren Lauf nahmen. Die Welt war nicht nur krank, sondern hing bereits am Tropf auf der Intensivstation. Und das Schlimmste: Es wurde immer schlimmer! Wo war nur die Stopptaste, um den ganzen Wahnsinn zu beenden?

Viele Wissenschaftler warnten schon seit Jahrzehnten, dass sich die Menschheit auf eine nie dagewesene Katastrophe zubewegt und deswegen ein rascher Wandel hin zu einer umweltverträglichen Lebensweise in Angriff genommen werden muss. Doch von raschem Wandel war weit und breit nichts zu sehen. Es gab zwar Alternativen in Form von erneuerbaren Energien, sauberer Produktion und nachhaltiger Ernährung, aber bisher wurden diese Alternativen viel zu wenig gefördert. Stattdessen wuchs die giftige Wirtschaft immer weiter und die Emissionen nahmen nicht ab, sondern zu – der Klimawandel wurde somit durch das menschliche, kurzsichtige Handeln beschleunigt.

Bei ihrer Recherche stieß Frida allerdings auch auf andere Meinungen. Manche Menschen waren überzeugt, die Prognosen seien völlig unrealistisch und die Wissenschaftler würden alles dramatisieren. Andere behaupteten, dass sich das Klima von ganz alleine ändere und dass der Mensch viel zu klein und schwach sei, um Einfluss darauf haben zu können. Viele glaubten zudem, dass der propagierte Umweltschutz nur eine weitere Strategie der reichen Elite war, um noch mehr Profit zu erwirtschaften und noch mehr Macht zu erlangen. Von „Klimalüge" und „bösen Verschwörungen" las Frida.

Doch so einleuchtend manches auch klang – zu jedem Argument fand Frida schlüssige Gegenargumente. Die Zahlen der Messgeräte schlugen Alarm, nicht die Wissenschaftler; niemand bestritt, dass sich das Klima von alleine ändert, doch es war der Mensch, der für die gefährliche Beschleunigung des Wandels verantwortlich war; und selbstverständlich verfolgten die Reichen ihre eigenen Interessen, aber das änderte nichts an der Tatsache, dass die völlig außer Kontrolle geratene Umweltzerstörung eine ernste Bedrohung für alle Lebewesen darstellte.

Frida war keine Wissenschaftlerin und konnte daher nicht beurteilen, ob alles wirklich stimmte, was sie las. Doch sie brauchte nur vor die Tür zu gehen und sich umzuschauen: so viele Autos auf den Straßen und Flugzeuge am Himmel, so viel Plastikmüll nach jedem Einkauf, so viel billiges Fleisch in jeder Kühltheke – wie sollte all das keine Auswirkungen auf die Gesundheit der Erde haben? Außerdem wurden die alarmierenden Worte der Wissenschaftler leider täglich durch neue Katastrophenmeldungen bestätigt. Nein, es war völlig unzweifelhaft, dass sich die Menschheit in eine völlig falsche Richtung bewegte und drauf und dran war, das eigene Zuhause unbewohnbar zu machen.

Und selbst wenn sich eines Tages herausstellen würde, dass sich die Wissenschaftler geirrt hatten und der Klimawandel sich als harmloses Ereignis entpuppen würde – wäre es nicht trotzdem gut, wenn die Städte mit weniger Autos vollgeparkt wären? Wenn weniger Müll produziert würde, wenn Tierfabriken der Vergangenheit angehören und mehr Bäume gepflanzt als gefällt würden? Wer sollte etwas dagegen haben? Weniger Leid, weniger Verschmutzung und mehr gesunde Natur – apokalyptisch hörte sich das jedenfalls nicht an.

Frida fand es fahrlässig und völlig rücksichtslos, darauf zu hoffen, dass alles gut ausgehen würde. Wenn die Menschheit schnell handelte und die Leugner des Klimawandels am Ende doch recht behalten sollten, würde niemand unter der gesünderen Welt leiden; wenn sich aber nach langem Nichtstun herausstellen würde, dass die Wissenschaftler recht gehabt hatten, wäre es zu spät, die Fehler noch zu korrigieren. Kurzum: Das Risiko des Nichtstuns war viel zu hoch!

Am Sonntagabend, nach zwei Tagen intensiver Recherche, hatte Frida genug gelesen und gesehen. Es war alles viel schlimmer, als sie gedacht hatte. Sie fühlte sich deprimiert von all den schlechten Nachrichten aus der Ge-

genwart und den düsteren Prognosen für die Zukunft. Sie war dankbar für den großen Wissensschatz, den ihr das Internet zur Verfügung gestellt hatte, aber mehr würde sie im Moment nicht aufnehmen können. Was sie gelesen und angesehen hatte, ließ sich leicht zusammenfassen: Wenn die Menschen nicht nett zur Natur waren, hörte die Natur ebenfalls auf, nett zu sein. Im Tausch für Gift und Gier, was sollte man da Gutes erwarten?

Als Frida Ende der sechziger Jahre gegen Krieg und für Liebe protestiert hatte, war es auch um Veränderung und ein besseres Leben gegangen. Doch im Unterschied zur heutigen Situation hatte es damals nicht die gleiche Dringlichkeit gegeben. Damals war es um Weltfrieden und persönliche Freiheit gegangen, heute ging es ums Überleben, und zwar von allen. Damals hatte vielleicht genau diese Dringlichkeit gefehlt, um am Ende Erfolg zu haben – heute gab es die Dringlichkeit, und heute war ein Scheitern verboten.

Die drohende Klimakrise war ein gewaltiges Problem für die gesamte Menschheit, doch glücklicherweise war es ein Problem, für das es nach wie vor Lösungen gab. Und so lange es noch Lösungen gab, war die Hoffnung noch nicht verloren. Die Zeit lief davon, aber noch war es nicht zu spät, die vielen bequemen Ausreden wegzupacken und zu handeln.

Frida nahm ihr Tablet und schloss alle offenen Seiten. Dann öffnete sie Pauls E-Mail, die sie am Morgen bekommen hatte, und ging erneut die Liste durch, bevor sie sich entschlossen ans Werk machte.

DIE LISTE DES HANDELNS

- **Geld** – Wechsel zu einer ethischen Bank
- **Essen** – mehr Bio- und weniger Tierprodukte
- **Kleidung** – gebraucht oder Bio & Fairtrade
- **Müll** – reduzieren, wiederverwenden, recyclen
- **Strom** – von erneuerbaren Energien
- **Mobilität** – mehr Muskelkraft
- **Kommunikation** – über das Problem reden
- **Politik** – sich gemeinsam engagieren

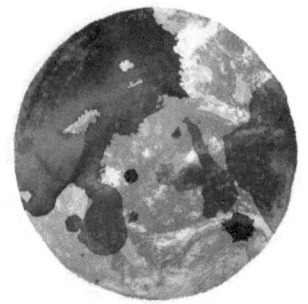

5. Anders wachsen

Am nächsten Morgen betrat Frida ihre Bankfiliale. Sie war schon einige Jahre nicht mehr dort gewesen, da sie mittlerweile ihre Überweisungen online von zu Hause aus erledigte. Bargeld bekam sie am Automaten, Kredite für ein Haus oder Auto brauchte sie nicht und die meisten Fragen konnte sie auch telefonisch klären. Vielen anderen Menschen ging es wahrscheinlich ähnlich und so wunderte sie sich, dass es überhaupt noch so viele Bankfilialen gab.

Sie durchquerte die große Empfangshalle, meldete sich für ein Beratungsgespräch an und setzte sich auf ein schwarzes Ledersofa, um zu warten, bis sie an der Reihe war. Die meisten anderen Kunden schienen in ihrem Alter zu sein – von jungen Leuten fehlte jede Spur. Vielleicht lag es daran, dass es Montagmorgen war, dachte sie. Während die Mehrheit der Bevölkerung arbeitete und zur Schule ging, hatten nur die Alten Zeit, auf schwarzen Ledersofas geduldig auf ihre Bankberater zu warten. Oder es lag eben am Internet. Spätestens in einigen Jahren, wenn auch die Letzten ihre Geldgeschäfte in die virtuelle Welt verlagert hätten, würden die meisten Filialen bestimmt verschwinden.

Es dauerte nicht lange, bis jemand ihren Namen rief. Frida stand auf und wurde von einem Mann um die fünfzig begrüßt. Er trug einen dunklen Anzug und eine rote Krawatte, passend zu seinem rötlich schimmernden Gesicht. Sie kannte ihn noch aus der Zeit, als sie regelmäßig in der Bank gewesen war.

„Schön, Sie wiederzusehen", sagte er. „Wie geht es Ihnen?"

„Gut, danke. Und Ihnen?"

„Bestens!"

Er führte sie an einer Trennwand vorbei zu seinem Schreibtisch. Frida setzte sich auf einen der beiden freien Stühle, während der Bankangestellte um den Tisch herumging und sich auf der anderen Seite niederließ. Er faltete die Hände und schaute sie mit einem aufgesetzten, erwartungsvollen Lächeln an.

„Wie kann ich Ihnen helfen?"

Frida zögerte einen Moment und schaute ihm dabei direkt in die Augen.

„Ich würde gerne wissen, was Sie mit meinem Geld machen?"

„Wie meinen Sie das?" Der Mann runzelte die Stirn.

„Das Geld auf meinem Konto, was passiert damit? Oder lassen sie es dort einfach liegen?"

„Nein, natürlich nicht", sagte er und lehnte sich dabei nach hinten gegen den Stuhlrücken. „Wir investieren es. Damit es für Sie und für uns arbeitet."

„Und wo investieren Sie es?"

„In Unternehmen, die profitabel sind und uns einen Gewinn bescheren."

„Und welche Unternehmen sind das genau?"

Frida war noch lange nicht zufrieden mit den Antworten. Paul hatte in seiner E-Mail geschrieben, dass Transparenz bei Banken unglaublich wichtig sei. Denn nur wenn eine Bank transparent arbeitet, können die Kunden auch wirklich entscheiden, ob sie mit dieser Arbeit einverstanden sind.

„Welche Unternehmen es im Einzelnen sind, entscheidet ein Expertenrat – selbstverständlich auf der Basis der jeweils aktuellen Börsenentwicklungen und im Dienste der Anlegerinteressen. Es handelt sich aber ausnahmslos um Firmen, die erfolgreich und solide wirtschaften. Sie brauchen sich also keine Sorgen zu machen."

„Mich interessiert nicht so sehr, ob sie erfolgreich sind, sondern vielmehr, in welchen Bereichen sie tätig sind." Sie hielt einen Moment inne. „Ich möchte nicht, dass mein Geld Firmen unterstützt, die Leid verursachen und der Umwelt schaden."

„Selbstverständlich möchten wir das auch nicht", entgegnete der Mann.

„Aber sind Sie sicher, dass das nicht passiert? Keine Waffenunternehmen? Keine Energiefirmen, die Kohlekraftwerke unterhalten, keine Chemieriesen, die Gift für unsere Felder produzieren?"

Der Bankangestellte schaute sie regungslos an und nahm einen langen Atemzug.

„Wissen Sie, manche Unternehmen haben mit Sicherheit auch Schattenseiten und tun Dinge, die es zu verbessern gilt. Aber das Wichtigste ist doch, dass sie in Wachstumsbranchen tätig sind."

„Ich möchte aber nicht, dass es mehr Waffen, Kohlekraftwerke und Gift gibt", sagte Frida entschlossen.

„Nein, das möchte ich natürlich auch nicht, aber trotzdem brauchen wir eine wachsende Wirtschaft."

„Um jeden Preis?"

Der Mann biss sich nervös auf die Unterlippe.

„Nein, nicht um jeden Preis. Aber ohne Wachstum, wie soll das funktionieren?"

Frida zuckte mit den Schultern.

„Bestimmt gibt es andere Möglichkeiten. Es muss sogar andere geben oder glauben Sie, es ist möglich, immer weiter zu wachsen?"

Sie hatte bei ihrer Recherche eine Wissenschaftlerin darüber sprechen hören, dass es ein zum Scheitern verurteiltes Experiment ist, zu versuchen, auf einem endlichen Planeten endlos zu wachsen.

„Für immer sicherlich nicht. Aber ich denke, das Ende ist noch lange nicht erreicht."

„Aber so, wie wir momentan wachsen, machen wir alles kaputt. Mit Sicherheit sehen Sie doch auch die Nachrichten. So viel Verschmutzung und so viele Kriege. Und die Klimakrise erst!"

„Ja, den Klimawandel müssen wir ernst nehmen. Aber wir dürfen auch nicht vergessen, die Arbeitsplätze zu sichern. Und dafür brauchen wir langfristig Wachstum."

„Aber was nutzen uns Arbeitsplätze, wenn die Erde irgendwann zerstört ist?"

„Fragen Sie das mal einen Familienvater, dem gerade gekündigt wurde."

Schweigen.

Frida hatte das Gefühl, dass der Bankangestellte sie nicht richtig verstand. Sie wünschte niemandem, den Job zu verlieren, aber eine gesunde Erde musste doch für alle Menschen die oberste Priorität sein. Mehr Wachstum bedeutete mehr Konsum, und mehr Konsum führte zu noch mehr verbrannten Rohstoffen, mehr Müll, mehr Gift und letztendlich zu mehr Zerstörung. Nein, das mit dem ewigen Wachstum konnte nicht so weitergehen. Jedenfalls nicht auf die bisherige Art und Weise.

„Vielleicht müssen einfach andere Dinge wachsen", dachte sie laut nach, während sie auf die funkelnde Uhr ihres Gegenübers starrte. „Genügsamkeit zum Beispiel. Liebe, Dankbarkeit, Mitgefühl, Frieden. Oder die vielen Wälder, die müssen auch wieder wachsen."

Der Mann schmunzelte.

„Das ist ja alles schön und gut, aber mit Bäumen und Liebe allein lässt sich leider nicht sehr viel Geld verdienen."

„Muss es denn immer sehr viel sein? Manchmal reicht doch auch weniger."

„Selbstverständlich muss es nicht immer sehr viel sein." Er zögerte kurz. „Ich glaube, ich habe etwas Interessantes für Sie. Einen Moment!"

Er stand auf, ging zu einem breiten Regal und begann, nach etwas zu suchen.

Frida blieb sitzen und ließ nachdenklich ihren Blick umherwandern. Warum musste es immer mehr sein, fragte sie sich. Es herrschte eine ständige Unzufriedenheit in der Gesellschaft, immer gab es neue Wünsche, die erfüllt werden mussten. Wahrscheinlich war diese Unzufriedenheit sogar gewollt, denn zufriedene Menschen würden das Ende der Wachstumswirtschaft bedeuten. Wenn alle glücklich wären mit dem, was sie hatten, wie sollte da der fürs Wachstum nötige Konsum angekurbelt werden?

Neben einem der großen Fenster hing ein Werbeplakat, auf dem in bunten Farben die Kooperation zwischen der Bank und einer bekannten Tierschutzorganisation hervorgehoben wurde. Es war schon seltsam: Die Bank verwahrte das Geld der Organisation und mit einem Teil dieses Geldes erzielten die Banker Gewinne, indem sie es in Unternehmen investierten, die das Land zerstörten, das die Tiere zum Leben brauchten. Wäre es nicht so traurig und tragisch, hätte sie glatt darüber lachen können.

„So, da bin ich wieder", sagte der Mann und reichte Frida eine Infobroschüre. „Hier hätten wir einen attraktiven Fondssparplan, bei dem Sie monatlich auch kleinere Beträge einzahlen können. Wir empfehlen eine Laufzeit von mindestens zehn Jahren und ..."

„Zehn Jahre?", unterbrach ihn Frida. „Ich weiß doch gar nicht, ob ich in zehn Jahren noch lebe."

„Sie können auch nach acht Jahren aussteigen oder nach fünf. Die Renditen können bis zu ..."

Der Bankangestellte redete weiter, doch Frida hörte ihm nicht mehr zu. Fassungslos sah sie, wie seine Lippen sich bewegten und irgendwelche Gewinne versprachen. Entweder ignorierte er sie absichtlich, oder er hatte sie immer noch nicht richtig verstanden.

Sie wartete höflich, bis er seinen Verkaufsmonolog beendet hatte, dann wiederholte sie ihr Anliegen.

„Ich bin nicht wegen einem Sparplan hier, sondern weil ich wissen will, was meine Bank mit meinem Geld macht."

Nun war es der Mann, der schweigend zurückstarrte.

„Wenn Sie nichts zu verheimlichen haben, können Sie mir doch die Namen der Unternehmen sagen. Haben Kunden nicht sogar ein Recht auf diese Informationen?"

„Wie bereits gesagt, kann ich Ihnen leider keine Einzelheiten nennen, aber ..."

„Gut", fuhr Frida freundlich, aber bestimmt dazwischen, „Einzelheiten brauche ich auch nicht. Aber was ich sehr wohl brauche, ist eine Garantie, dass Sie keine Geschäftstätigkeiten unterstützen, die der Umwelt Schaden zufügen."

Der Bankangestellte rutschte unruhig auf seinem Stuhl hin und her.

„Wie soll ich Ihnen das denn garantieren?"

„Am besten schriftlich. Und am besten sofort."

Stille. Dann schüttelte er den Kopf.

„Nein, das ist leider nicht möglich."

Frida zögerte einen Moment, bevor sie langsam zu nicken begann und aufstand.

„Leider bleibt mir dann keine andere Wahl, als die Bank zu wechseln."

Sie reichte dem perplexen Mann zum Abschied die Hand.

„Danke für Ihre Zeit. Einen schönen Tag noch!"

Er suchte verzweifelt nach Worten, fand aber auf die Schnelle keine und konnte nur tatenlos zusehen, wie seine alte Kundin ihm den Rücken zukehrte und kurz darauf durch die große gläserne Schiebetür verschwand.

Auf dem Heimweg schüttelte Frida immer wieder den Kopf. Sie wusste nicht, ob sie enttäuscht oder verärgert war oder einfach nur traurig. Der Bankangestellte glaubte weiter an das ewige Wachstum eines Wirtschaftssystems, das rücksichtslos die Natur ausbeutete und bei den Menschen Gier und Kaufsucht förderte. Der Profit, der geerntet wurde, wuchs auf einem vergifteten Acker der Unzufriedenheit; das Wohl des Menschen spielte keine Rolle. Und dieser unsinnige Slogan, sie solle ihr Geld für sich arbeiten lassen! Dabei konnte Geld überhaupt nicht arbeiten. Irgendwo zahlte irgendjemand den Preis für versprochene Rendite: ein armer Bauer, eine ausgebeutete Näherin oder ein vergifteter Fluss. Nein, da wollte Frida nicht mehr mitspielen. Sie wollte, dass die Gesundheit von Mensch und Natur im Mittelpunkt steht und nicht der größtmögliche Profit; sie fühlte, dass es ihre Verantwortung war, ihren Teil zu einer friedlicheren Form des Wirtschaftens beizutragen. Wenn das mit ihrer bisherigen Bank nicht möglich war, dann musste sie eben die Konsequenzen ziehen.

Glücklicherweise existierten Alternativen. Als Frida wieder zu Hause war, brauchte sie nicht lange, um im Internet verschiedene Banken zu finden, die eine andere Ethik vertraten. Banken, die freiwillig ihre Investitionen transparent machten, weil sie nichts zu verbergen hatten. Banken, die nicht in Krieg, Kohlekraft und Krankheit investierten, sondern in Ökologie, Kultur und soziale Gesundheit. Investitionen in eine bessere Welt, inklusive neuer Arbeitsplätze und nachhaltigem Wachstum.

Paul hatte ihr gesagt, dass der Bankwechsel ganz oben auf der Liste stand, weil es die einfachste Veränderung war. Sie tat nicht weh, keine liebgewonnenen Gewohnheiten mussten aufgegeben werden und es ging ganz schnell. Er hatte recht gehabt. Frida musste lediglich ein kurzes Telefonat führen und einige Formulare ausfüllen, um ein Konto bei einer dieser ethischen Banken zu eröffnen. Anschließend brauchte sie nur noch mit ihrem Geld und ihren Daueraufträgen umziehen und das Konto bei ihrem alten Finanzinstitut schließen – fertig! Eine kleine Anstrengung mit einer großen Wirkung.

Was, wenn alle das machen würden?

6. Unser täglich Brot

Nach dem Wechsel der Bank ging Frida die nächsten Punkte durch. Sie hatte die Liste des Handelns auf ein Blatt Papier geschrieben und dieses Blatt lag nun vor ihr auf dem kleinen Küchentisch. Langsam fuhr sie mit dem Finger über ihre altmodische Handschrift.

Kleidung kaufte sie nur noch sehr selten, insofern hatte dieser Punkt keine Priorität für sie. Ähnliches galt für den Bereich Mobilität: Sie war schon seit vielen Jahren nicht mehr geflogen, hatte kein Auto und erledigte das Meiste mit dem Bus oder zu Fuß. Für viele andere war dieser Punkt allerdings eine herausfordernde Angelegenheit. Sie dachte an ihren Sohn und die Schwiegertochter, die mehrmals im Jahr nach Spanien flogen, da sie dort ein Ferienhaus hatten. Oder all die Leute, die gleich mehrere Autos vor der Tür stehen hatten. Sie erinnerte sich noch an eine Zeit, als Autos und Flüge ein Luxus gewesen waren. Heute sahen es viele Menschen als ihr Recht an, ein Auto zu besitzen und erschwingliche Flugtickets zu bekommen. Ein Recht auf Luxus also? Konnte das gutgehen? Frida schüttelte den Kopf und war froh, dass sie das Thema Mobilität von ihrer eigenen Liste streichen konnte.

Beim Thema Strom gab es hingegen Handlungsbedarf. Sie holte ihr Tablet und machte sich sogleich an die Arbeit. Wie schon beim Bankwechsel brauchte sie auch dieses Mal nicht lange, um eine gute Alternative ausfindig zu machen. Sie musste lediglich ein kurzes Formular ausfüllen und schon unterstützte sie nicht mehr Kohle-, sondern Windkraft. Der neue Ökostromanbieter übernahm sogar die Kündigung bei ihrem alten Anbieter. Frida lächelte zufrieden. So einfach war das!

Was noch? Sie nahm wieder die Liste zur Hand: Mehr Bioprodukte und weniger Tierprodukte stand dort. Das Letzte sollte kein großes Problem sein. Sie aß zwar vier oder fünf Mal in der Woche Fleisch, aber eigentlich nur aus Gewohnheit. Wieder dachte sie an früher, als es nur den Sonntagsbraten gegeben hatte – unglücklicher war sie deswegen nicht gewesen. Und den Tieren war es sogar wesentlich besser gegangen.

Als Kind hatte Frida liebend gerne mit den Hühnern der Nachbarn gespielt. Sie war ihnen in den Gärten und Vorgärten hinterhergelaufen, hatte sie eingefangen, gestreichelt und dann wieder unter freiem Himmel losgelassen. Heute fragte sie sich, ob vielleicht die Freiheit der wahre Grund gewesen war, warum die Eier dieser Hühner immer so köstlich geschmeckt hatten.

Damals hatte es jedoch viel weniger Menschen gegeben – mittlerweile hatte sich die Bevölkerung mehr als verdoppelt und gleichzeitig war der Fleischkonsum um ein Vielfaches gestiegen. Grausame Massentierhaltung und Millionen von Bäumen, die für den Anbau von Tierfutter gefällt wurden, waren nur zwei der vielen dramatischen Folgen. Auch das konnte auf Dauer nicht gutgehen. Also entschied Frida, sich von der guten alten Zeit inspirieren zu lassen und ab sofort nur noch einmal pro Woche Fleisch zu essen. Und die Milch für ihr morgendliches Müsli würde sie durch Mandel- oder Hafermilch ersetzen.

Schwieriger gestaltete sich die Sache mit dem Bioessen. Der Supermarkt, der sie bisher beliefert hatte, führte fast keine Bioprodukte, und die Bioläden in der Stadt hatten keinen Lieferservice. Das bequeme Einkaufen vom Sofa aus war also nicht mehr möglich. Spätestens an diesem Punkt musste Frida feststellen, dass es sehr wohl mit Aufwand verbunden ist, nachhaltiger zu leben, jedenfalls aufwendiger, als weiterzumachen wie bisher. Doch das würde Frida nicht als Ausrede für sich gelten lassen. Änderungen ohne jeden Aufwand? Das war genauso realistisch wie ewiges Wachstum oder die Ferienhäuser in Spanien für alle.

Da es in ihrer unmittelbaren Nachbarschaft keine Einkaufsmöglichkeiten gab, entschied Frida sich, den Biosupermarkt in der Nähe des Altenheims ihrer ehemaligen Kollegin auszuprobieren. Am nächsten Morgen ging sie in den Keller, kramte aus der hinteren Ecke ihr altes Einkaufswägelchen hervor und wischte mit einem feuchten Tuch die dicke Staubschicht weg. Dann machte sie sich auf den Weg zur Bushaltestelle.

Eine halbe Stunde später betrat sie den Bioladen. Er wirkte wie ein ganz gewöhnlicher, gut sortierter Supermarkt, mit dem einzigen Unterschied, dass jedes Produkt ein Biosiegel trug. Frida ging die langen Gänge entlang und füllte nach und nach ihren Einkaufswagen. Reis, Kartoffeln, Haferflocken, Mandelmilch, etwas frisches Obst und Gemüse, Nüsse, ein kleines Stück Käse und zwei Tafeln Schokolade. Sie fand sogar Biobrühwürfel – anscheinend gab es mittlerweile von jedem Produkt auch eine ökologische Version. Oder besser gesagt: wieder! Denn früher, als sie ein kleines Mädchen gewesen war, hatte es nichts anderes als Bio gegeben.

An der Kasse legte sie ihre Einkäufe aufs Band und zahlte bei einem schweigsamen Verkäufer. Während sie anschließend alles sorgfältig in ihrem Wägelchen verstaute, verglich sie in Gedanken die Preise mit denen von normalen Supermärkten. Ja, die Bioprodukte waren teurer – manchmal nur einige Cents, andere Male kosteten sie fast das Doppelte. Für einkommensschwache Familien wäre es schwierig, dachte Frida, die zusätzlichen Kosten zu stemmen. Es war tragisch, dass manche Menschen nicht genug Geld zur Verfügung hatten, um sich Bioessen leisten zu können, aber es war leider die traurige Realität. Ihr blieb nur zu hoffen, dass diese Menschen irgendwann mehr finanzielle Unterstützung bekommen würden. Oder dass der Staat Maßnahmen treffen würde, um Bioprodukte erschwinglicher zu machen. Anstatt weiterhin die herkömmliche Landwirtschaft zu subventionieren, wäre es doch viel sinnvoller, die Biolandwirtschaft stärker zu fördern.

Und dann gab es noch die vielen Leute, die zwar ausreichend Geld hatten, aber trotzdem den Bioläden fernblieben. Den meisten ging es dabei bestimmt wie ihr selbst: Sie hatten sich bisher mit dem Biothema einfach noch nicht richtig auseinandergesetzt. Schließlich war ihr auch erst durch die Liste des Handelns und das tagelange

Recherchieren bewusst geworden, wie wichtig der ökologische Einkauf für die Gesundheit der Erde war. Denn in der konventionellen Landwirtschaft war der Gebrauch von Pestiziden und anderen schädlichen Stoffen weit verbreitet und dadurch gelangten Unmengen an Gift auf die Felder. Dieses Gift sickerte dann in den Boden und ins Grundwasser, mit der Folge, dass Pflanzen, Tiere, Menschen und der gesamte Planet krank wurden.

Manche Leute waren sich dieser Situation wahrscheinlich sogar bewusst, entschieden sich aber dennoch dafür, ihr Geld für andere Dinge als Bioprodukte auszugeben. Sie hatten ganz einfach andere Prioritäten: ein neuer Fernseher, eine dritte Winterjacke, eine weitere Flugreise oder ein größeres Auto. Frida wollte niemanden bevormunden, doch eines war ihr klar: Die Klima- und Umweltkrise verlangte nach neuen Prioritäten.

Sie zog ihr vollgepacktes Wägelchen in Richtung Ausgang und hielt unterwegs noch an der Brottheke, um ein Roggenbrot zu kaufen. Gerade als sie den Markt verlassen wollte, stieg ihr der Duft von frischem Kaffee in die Nase. Eine kleine Stärkung vor dem Heimweg wäre jetzt genau das Richtige, dachte sie. Frida bestellte also einen Cappuccino und ging zu dem Sitzbereich neben der Theke, um sich einen freien Platz zu suchen. Doch alle Tische waren belegt. Sie wollte schon umkehren, als sie an einem der Tische eine der Krankenpflegerinnen aus dem Heim sah. Es war die junge Frau aus Äthiopien, die sie ebenfalls in diesem Moment erkannte.

„Hallo Frida", winkte sie ihr zu und deutete mit einem

einladenden Lächeln zu dem leeren Stuhl an ihrer Seite. „Brauchst du einen Platz?"

„Ja, danke!"

Frida stellte ihre Einkäufe ab und ließ sich nieder.

„Schön, dich hier zu sehen", sagte die Krankenpflegerin. „Kommst du oft her?"

„Nein, es ist das erste Mal. Ich werde aber ab jetzt bestimmt regelmäßiger kommen, eine richtig tolle Auswahl haben sie hier."

„Das stimmt", antwortete die junge Frau, verzog dann allerdings skeptisch den Mund. „Manche Dinge sollten sie aber lieber aus dem Programm nehmen."

„Ach wirklich? Was denn?"

„Erdbeeren zum Beispiel. Die werden um diese Jahreszeit aus Südamerika eingeflogen. Ökologisch gesehen ist das ein totales Desaster!"

Frida nickte zustimmend. Nein, Erdbeeren einzufliegen, das ergab nun wirklich keinen Sinn.

„Oder der Joghurt aus Frankreich und der Fisch aus Alaska. Ich finde, so etwas hat in einem Bioladen nichts zu suchen. Denn was nützt Bio, wenn die Produkte tausende Kilometer reisen und dann auf diese Weise die Welt verschmutzt wird?"

Wieder nickte Frida und trank einen Schluck Kaffee.

„Darf ich dich etwas fragen?"

„Natürlich."

„Als Krankenpflegerin verdienst du ja wahrscheinlich nicht schrecklich viel Geld. Sind dir die Bioprodukte nicht zu teuer?"

Die junge Frau überlegte einen Moment.

„Nein, viel verdiene ich nicht, und ja, manchmal muss ich schlucken, wenn ich sehe, was mein Einkauf kostet. Aber weißt du, eigentlich finde ich die Bioprodukte nicht zu teuer, sondern all die anderen Produkte sind viel zu billig." Sie hielt kurz inne. „In Äthiopien, wo ich herkomme, da geben die Menschen einen viel größeren Teil ihres Einkommens für Nahrung aus. Hier in Europa haben sich die meisten an extrem billiges Essen gewöhnt und denken, dass das immer so bleiben muss. Wenn wir unsere Umwelt nicht gänzlich zerstören wollen, darf es aber nicht so bleiben."

„Nein, das darf es nicht", stimmte Frida zu. Dann lächelte sie, denn sie freute sich über die klaren und ehrlichen Worte der Krankenpflegerin. Sie machten ihr Hoffnung, dass noch viele andere Menschen so denken und handeln.

„Ist dir schon mal aufgefallen", fuhr die junge Frau fort, „dass billige Produkte oft viel mehr Verpackung haben?"

Frida schüttelte den Kopf.

„Vielleicht versuchen die Firmen vom schlechten Inhalt abzulenken, indem sie einen extra Haufen Plastik verschenken." Sie lachte für einen Moment und dabei strahlte ihr tiefschwarzes Gesicht. Dann seufzte sie. „Aber leider gibt es bei Bioprodukten auch viel zu viel Plastik. Der ganze Verpackungswahnsinn ist echt nicht mehr lustig!"

Frida blickte zu ihrem alten Einkaufswägelchen. Oben schaute der in Folie eingeschweißte Brokkoli heraus. Sie hatte sich schon so sehr an das ganze glänzende Plastik gewöhnt, dass ihr oft gar nicht mehr auffiel, welch absurde Ausmaße Verpackungen angenommen hatten. Ihr fiel der Punkt über Müll von der Liste des Handelns ein: reduzieren, wiederverwenden, recyclen. Die Folie um den Brokkoli war für nichts wiederverwendbar; sie würde also daheim sofort im gelben Sack landen. Der gelbe Sack war aber eben nur die drittbeste Lösung. Oder um genau zu sein, war diese Art von Recyclen eigentlich gar keine Lösung, sondern lediglich ein verzweifelter Versuch, von einem kranken System abzulenken. Erst wurde unnötiger Müll produziert, dann mussten gelbe Säcke produziert werden, um diesen Müll zu entsorgen – das sollte doch verstehen, wer will. Und das Frustrierendste an der ganzen Sache war, dass die beste Lösung so einfach war – und trotzdem wurde sie nicht umgesetzt.

„Obendrein besitzen wir dann auch noch die Frechheit, ein Drittel von allem Essen wegzuwerfen." Die junge Frau begann, sich in Rage zu reden. „Ein Drittel, das musst du dir mal vorstellen! Nahrungsmittel werden in Plastik eingeschweißt, um die Welt geschifft und dann weggeworfen – bei so viel Perversität braucht sich niemand zu wundern, dass uns die Erde irgendwann rausschmeißen wird."

Sie starrten sich schweigend an und suchten Trost mit einem weiteren Schluck Kaffee.

„Ich frage mich, warum wir so verschwenderisch und gierig geworden sind", überlegte Frida nach einer Weile. „Vor ein paar Tagen habe ich ein Interview mit einem Wissenschaftler gesehen. Er meinte, wenn die ganze Welt so leben würde wie die Menschen in den reichen Ländern, würden wir drei Erden benötigen. Wir bräuchten viel mehr Rohstoffe, mehr Land zum Wohnen und zum Wirtschaften und auch mehr Platz für unseren ganzen Müll."

„Glücklicherweise haben wir aber keine drei Erden", sagte die Krankenpflegerin. „Denn wenn wir mehr Erden hätten, würden wir wahrscheinlich noch mehr konsumieren, noch mehr Müll produzieren und noch mehr Verwüstung anrichten. Wir würden die anderen Planeten genauso rücksichtslos und ausbeuterisch behandeln wie den einen, den wir jetzt haben." Sie schüttelte den Kopf. „Nein, mehr Erden sind keine Lösung. Was wir brauchen, ist ein anderer Lebensstil."

Frida nickte ein weiteres Mal. Viele der benötigten Veränderungen mussten in der Tat auf persönlicher Ebene passieren. Nicht nur Papierstrohhalme und effizientere Glühbirnen, sondern Veränderungen in allen Lebensbereichen! Was Frida Mut machte, war die Tatsache, dass es durchaus eine realistische Möglichkeit war, in Frieden mit der Natur zu leben. Nicht mehr verschwenderisch und zerstörerisch zu sein und stattdessen nachhaltig und mitfühlend zu handeln. Einzig die im Weg stehenden, alten Gewohnheiten mussten dafür abgelegt werden.

„Für mich beginnt ein anderer Lebensstil mit unserem Essen", sagte die junge Frau, während sie aufstand und ihre Jacke anzog. „Jeden Tag essen wir, folglich haben wir jeden Tag die Chance, uns für eine bessere Welt zu entscheiden. Wir können hinterfragen, was wir kaufen und warum wir es kaufen. Wollen wir Gift oder Gesundheit?

Brauchen wir wirklich einen überquellenden Kühlschrank oder sind wir in Wahrheit süchtig nach Konsum? Und wo kaufen wir? Wen unterstützen wir?"

Sie trank den letzten Schluck aus ihrer Tasse, dann schenkte sie Frida zum Abschied ein warmes Lächeln.

„Ich muss jetzt los. Wir sehen uns bestimmt bald."

„Ja", sagte Frida, „entweder im Heim oder wieder hier."

„Wahrscheinlich eher im Heim. Ich bin normalerweise nicht so oft hier. Meistens gehe ich zu einem Hofladen außerhalb der Stadt. Da solltest du auch mal hin: kaum Verpackung, alles Bio und regional, und dazu ein netter Familienbetrieb. Würde dir bestimmt gefallen!"

7. Mitmachen

Eine Woche später stand Frida in dem Hofladen. Die Krankenpflegerin hatte recht gehabt: Es war ein wundervoller Ort, ganz nach Fridas Geschmack! Überall stapelten sich Holzkisten mit frischem Obst und Gemüse, das teilweise erst am Vortag von den umliegenden Feldern geerntet und von den nahen Bäumen gepflückt worden war. Umständliche Transportketten gab es nicht und von unnötiger Plastikverpackung fehlte jede Spur. Frida sah Körbe mit wilden Pilzen und Bioeiern von Hühnern, die sie draußen im Hof fröhlich gackern hörte; Säcke mit Hafer und Hirse in der einen Ecke und eine riesige Kiste mit Walnüssen in der anderen. In einem langen Regal standen Honiggläser und Flaschen mit hausgemachtem Apfel- und Birnensaft und an einer kleinen Theke wurden lokale Käse- und Fleischspezialitäten verkauft. Der herrliche Duft von frisch gebackenem Brot stieg ihr in die Nase und freundliche Stimmen gaben ihr ein Gefühl von Vertrautheit. Alles war perfekt. Alles, bis auf eine Sache.

Der Hofladen befand sich zwar nur einige Kilometer außerhalb der Stadt, aber leider fuhr kein einziger Bus dorthin. Frida hätte den Weg deshalb beinahe nicht auf sich genommen, doch ihre Neugierde war zu groß gewesen und somit hatte sie sich ein Taxi gegönnt. Einmal konnte sie sich diesen Luxus leisten, auch zwei- oder dreimal. Doch regelmäßige Besuche kamen nicht in Frage, denn regionale Bioprodukte mit dem Taxi einzukaufen empfand sie nicht nur als dekadent, sondern es war auch alles andere als nachhaltig. Es würde ihr also nichts anderes übrigbleiben, als in Zukunft wieder im Supermarkt einzukaufen.

Da sie auf absehbare Zeit nicht wiederkommen würde, packte sie so viel wie möglich in ihr Wägelchen und begab sich zum Ausgang, um zu bezahlen.

„Wir haben da vorne auch eine Sitzecke", sagte die Verkäuferin, „falls Sie noch einen Tee und ein Stück Kuchen möchten."

„Das ist nett", seufzte Frida, „aber mein Taxi wartet draußen."

„Ihr Taxi?"

„Ja, zu Fuß ist es etwas weit."

Die Frau lächelte ihr zu und griff nach einem Faltblatt, das auf dem Tresen lag.

„Hier, das wäre vielleicht etwas für Sie. Wir bieten einen Lieferservice an, wenn mindestens zehn Leute gemeinsam bestellen."

Frida bekam sogleich große Augen und nahm das Blatt dankend entgegen. Vielleicht gab es also doch noch eine Möglichkeit, öfter im Hofladen einzukaufen. Neun weitere Personen zu finden, das konnte schließlich nicht so schwierig sein, dachte sie. Lokale Bioprodukte direkt vor die Tür geliefert bekommen – wer würde eine solche Gelegenheit ausschlagen?

Noch am selben Abend begann sie, in ihrer Nachbarschaft nach Interessenten für den Lieferservice des Hofladens zu suchen. Frohen Mutes trat sie aus ihrer Wohnung, bewaffnet mit dem Faltblatt, einer Kladde und einem Stift. Sie hatte gerade die Tür hinter sich zugezogen, da stockte ihr der Atem und sie blieb wie angewurzelt stehen. Es war, als wäre ihr erst in diesem Moment aufgefallen, dass sie ihre Nachbarn überhaupt nicht richtig kannte. Sie wusste, dass im Erdgeschoss eine Frau mit drei Kindern lebte und neben ihr zwei Studenten; im ersten Stock grüßte sie manchmal einen stets in Anzug gekleideten Geschäftsmann, in der zweiten Etage gab es einen Mann mittleren Alters, dem sie einmal kurz im Fahrstuhl begegnet war, und direkt unter ihr wohnte eine ältere Rumänin, die immer mürrisch drein schaute und nie ein Wort sprach. Auf der dritten und letzten Etage lebte sie selbst und in der Wohnung gegenüber war kürzlich ein junges Ehepaar eingezogen. Doch egal, ob es sich um neue oder alte Gesichter handelte, für Frida waren es alles Unbekannte. Sie hatte keine Ahnung, was für Menschen sich hinter diesen Gesichtern befanden. Es waren zwar ihre Nachbarn, aber eigentlich waren es Fremde. Und nun sollte sie also diese Fremden davon überzeugen, mit ihr gemeinsam einzukaufen? Ihr anfänglicher Mut hatte sich in Luft aufgelöst und sie verspürte den Drang, sich auf der Stelle umzudrehen und sich in den Schutz ihrer eigenen vier Wände zurückzuziehen.

Frida hielt inne und nahm einige tiefe Atemzüge. Nein, sie wollte nicht umkehren, sondern sich der Herausforderung stellen. Letzten Endes ging es ja nicht um ihre eigenen Einkaufsvorlieben, sondern um die kranke Erde. Wenn das kein guter Grund war, ihre Ängste zu überwinden, was dann?

Sie nahm einen weiteren Atemzug, dann fasste sie sich ein Herz, ging die wenigen Schritte über den Hausflur und klingelte bei den neuen Nachbarn. Sie wartete einige Momente, lauschte der Stille und klingelte erneut. Nichts. Sie waren wohl nicht zu Hause. Frida spürte wieder Angst in sich aufsteigen und eine leise Stimme flüsterte ihr zu, die Chance zu ergreifen und schnell in ihre Wohnung zu flüchten. Doch Frida wollte auch dieses Mal nicht nachgeben. Sie beschloss, bis ganz nach unten zu gehen und im Erdgeschoss weiterzumachen.

Kurz darauf klingelte sie bei den beiden Studenten. Sie wartete geduldig, doch wieder bekam sie keine Antwort. Vielleicht war es einfach der falsche Tag, dachte sie, vielleicht sollte sie es morgen ... Sie schüttelte schmunzelnd den Kopf. Ganz schön hartnäckig war sie, die Angst!

Frida ging zur nächsten Tür und hörte schon von draußen Kindergeschrei. Sie klingelte mehrmals und dann wurde ihr endlich eine Tür geöffnet.

„Guten Abend", grüßte sie die Mutter der Kinder. „Darf ich Sie etwas fragen?"

„Seid mal bitte kurz ruhig!", rief die Frau in Richtung eines der hinteren Zimmer, bevor sie sich zu Frida drehte. „Was kann ich für Sie tun?"

„Sie haben bestimmt von der Klimakrise gehört, oder?" Die Frau nickte betrübt.

„Eine Sache, die wir tun können, um weniger Schaden anzurichten, ist, mehr regionale Bioprodukte zu kaufen. Ich habe einen Hofladen ausfindig gemacht, der einen Lieferservice anbietet, wenn zehn Leute gemeinsam bestellen. Hätten Sie Interesse, da mitzumachen?"

„Das ist eine prima Idee", nickte die Frau sogleich.

Frida spürte ihr Herz hüpfen. Ein guter Anfang! Doch leider ohne gutes Ende.

„Ich fürchte jedoch", sagte die Frau, „dass ich mir das nicht leisten kann. Sie wissen schon, alleine mit drei Kindern, da muss ich auf jeden Cent achten."

Drinnen ging wieder das Geschrei los.

„Tut mir leid, ich muss wieder rein. Hoffentlich finden Sie andere, die mitmachen können."

Frida lächelte, dann verabschiedeten sie sich voneinander.

Die Frau tat ihr leid – als alleinerziehende Mutter auch noch Geldsorgen zu haben, das war einfach grausam. Doch immerhin hatte sie gesagt, dass der Lieferservice eine gute Idee sei. Frida ging also die Treppe hoch und startete im ersten Stock einen neuen Versuch beim Geschäftsmann. Sie hatte gerade geklingelt, da wurde auch schon die Tür aufgerissen und der große schlanke Mann tauchte vor ihr auf. Natürlich im Anzug.

„Sie haben Glück, ich bin gerade nach Hause gekommen."

Frida begrüßte ihn freundlich und erzählte ihm von ihrem Projekt. Der Mann hörte aufmerksam zu, begann dann allerdings abzuwinken.

„Ich bin oft unterwegs und koche auch nur sehr selten, das ergibt für mich also keinen Sinn."

„Sie müssen ja nicht viel bestellen", versuchte Frida, ihn zu überreden.

„Aber ich muss die Bestellung ja trotzdem irgendwo abholen. Seien Sie mir nicht böse, aber dafür habe ich einfach keine Zeit."

„Auch nicht, wenn es dem Klima hilft?"

„Auch dann nicht." Er zögerte kurz. „Das wird sowieso alles etwas hochgekocht. Sie und ich, wir werden keine großen Veränderungen miterleben."

„Sind Sie sich da sicher?"

„Schauen Sie doch raus: Das gleiche miese Herbstwetter wie immer!"

Frida wusste, dass der Klimawandel nicht am miesen deutschen Herbstwetter zu erkennen war, aber es gab viele andere Beispiele, die klar zeigten, dass das Wetter immer schneller immer chaotischer wurde. Doch der Mann hatte wahrscheinlich keine Zeit für diese Beispiele. Also versuchte sie es mit einer kürzeren Variante.

„Selbst wenn wir beide keine großen Veränderungen erleben werden – die heutige junge Generation wird sehr wohl unter großen Veränderungen leiden."

„Deswegen halte ich es auch für richtig, dass sich die junge Generation um Lösungen bemüht. Schließlich müssen Probleme von denjenigen gelöst werden, die davon betroffen sind."

Frida war fassungslos.

„Meinen Sie das im Ernst?"

Der Geschäftsmann hob gleichgültig die Schultern.

„Mein Problem ist es jedenfalls nicht."

Sie wusste nicht, wie sie reagieren sollte, und starrte ihn sprachlos an.

„So, und jetzt muss ich hier mal weitermachen. Ihnen einen schönen Abend."

Kurz darauf fiel die Tür vor ihrer Nase zu. Frida stand immer noch an derselben Stelle und schüttelte verärgert den Kopf. Seinen schicken Anzügen nach zu urteilen fehlte es dem Mann auf jeden Fall nicht an finanziellen Mitteln, um Bioprodukte zu kaufen. Gerade deswegen war seine Ausrede umso schwerer zu akzeptieren. ‚Mein Problem ist es jedenfalls nicht', wiederholte sie seine Worte in Gedanken. Egal, ob er selbst unter den Folgen des Klimawandels leiden würde oder nicht, so war er doch einer von vielen Verursachern des Problems. Es gab mit Sicherheit Ausnahmen, aber die große Mehrheit der Menschen, vor allem in den reichen Ländern, war durch den modernen Lebensstil zweifellos mitverantwortlich für die Zerstörung des Ökosystems. Zu sagen, es sei nicht sein Problem, war schlicht und einfach dreist und obendrein falsch. Wenn Frida ihren Müll mitten auf die Straße werfen würde, wäre die Verschmutzung auch nicht direkt ihr Problem, aber ihre Schuld wäre es sehr wohl. Müssten die Verursacher nicht viel mehr in die Pflicht genommen werden? Genau genommen ist es eine riesige Unverschämtheit, den Kindern und Jugendlichen das Aufräumen unseres Mülls zu überlassen, dachte Frida. Die Erde wurde nicht nur von ihrem Enkel Paul und seinen Freunden bewohnt, sondern von allen Generationen. Folglich war die kranke Erde das Problem von allen! Und nur wenn sich alle gemeinsam an der Lösung beteiligen würden, gab es eine Chance, das Problem zu beheben.

Da die andere Wohnung im ersten Stock leer stand, stieg Frida in die zweite Etage und versuchte es bei dem Nachbarn, den sie bisher erst einmal im Fahrstuhl gesehen hatte. Sie musste wieder etwas länger warten, doch schließlich wurde ihr geöffnet.

„Ja?", fragte der Mann misstrauisch durch den Türspalt, als hätte die Polizei oder ein gefährlicher Verbrecher bei ihm geklingelt.

„Ich wollte fragen, ob Sie Interesse hätten, bei einer Sammelbestellung von regionalen Bioprodukten ..."

„Nein", schnappte er, noch bevor sie zu Ende gesprochen hatte.

„Wegen der Klimakrise", fügte Frida schnell hinzu.

„Interessiert mich nicht", kam es schroff zurück.

„Aber ..."

Sie zögerte und hörte von drinnen den lauten Fernseher. Der Sprecher der Tagesschau berichtete von verheerenden Bränden, dieses Mal nicht im Amazonas, sondern in Kalifornien.

„Wenn wir nichts ändern, wird es noch viel mehr schlechte Nachrichten geben."

Der Mann sah sie ausdruckslos an.

„Die Nachrichten sind mir egal. Fragen Sie jemand anders!"

Zack, und schon war die Tür wieder zu.

Frida spürte ihren Mut sinken. Wieso stieß sie nur auf so viel Ablehnung? Sie hatte gedacht, die Nachbarn würden sich freuen, wenn sie ihnen von ihrer Idee erzählte. Stattdessen hatte sie bisher kein einziges Erfolgserlebnis gehabt. Dann ging plötzlich auch noch das Licht aus. Frida stand alleine im dunklen Hausflur und war den Tränen nahe.

Nach einer gefühlten Ewigkeit betätigte sie den Lichtschalter und sah zu der anderen Wohnung hinüber. Nein, bei der mürrischen Rumänin würde sie es erst gar nicht versuchen. Wozu auch? Um sich noch eine Absage zu holen und sich noch mehr entmutigen zu lassen? Sie stieß einen langen Seufzer aus und begann, langsam die Treppe hochzusteigen. Mit jeder Stufe wurde ihre Enttäuschung größer, sie fühlte sich klein und machtlos und ihrer wenigen Hoffnung beraubt. So schön der Gedanke auch war, gemeinsam die kaputte Welt wieder heil zu machen, so frustrierend war die Erkenntnis, dass sie für das Erreichen dieses Ziels völlig von anderen Leuten abhängig war. Und leider verfolgten nicht alle Leute dasselbe Ziel.

Oben angekommen, schloss sie ihre Wohnungstür auf und als Erstes fiel ihr Blick auf das liebevolle Lächeln ihres Mannes. Das alte Schwarzweißfoto stand auf der Kommode am Eingang. An Tagen wie diesen vermisste sie ihn noch viel mehr als sonst, denn in schwierigen Momenten hatte er immer einen guten Rat gehabt. Wie hätte er ihr wohl in dieser Situation geholfen? Und dann, wie aus dem Nichts, hörte sie auf einmal seine Stimme aus der fernen Vergangenheit. Es waren Worte, die er früher oft wiederholt hatte: ,Wenn du nie aufhörst, es zu probieren, wirst du auch nie scheitern.'

Frida hielt noch einen Moment inne, dann zog sie die Tür wieder zu und begab sich zurück auf die zweite Etage. Auch wenn ihr anfänglicher Enthusiasmus schon längst erloschen war, wollte sie wenigstens mit dem guten Gewissen ins Bett gehen, es an jeder Tür versucht zu haben.

Sie klopfte und kurz darauf stand die Rumänin vor ihr.

„Entschuldigen Sie die späte Störung, aber ich habe ein wichtiges Anliegen."

Wie zuvor den anderen Nachbarn, erzählte sie auch der Rumänin von dem Lieferservice des Hofladens. Sie sprach von den frischen, lokalen Bioprodukten, vom Klimanotstand, der Zerstörung der Natur und ihrer Hoffnung, mit einem anderen Lebensstil ein kleines bisschen zur Verbesserung der Welt beizutragen.

Die Rumänin sah wie üblich mürrisch drein, schien ihr aber interessiert zuzuhören. Als Frida fertig war, begann ihre Nachbarin zu nicken.

„Ich bin dabei."

Frida starrte sie ungläubig an. Was hatte sie gesagt? Es war zudem das erste Mal, dass sie überhaupt ihre Stimme gehört hatte. Sie klang viel freundlicher, als es ihre Körpersprache vermuten ließ.

„Wirklich?"

„Natürlich! Bei uns daheim haben wir früher immer in einem Hofladen eingekauft. Pestizide und Plastik kannten wir nicht, dafür wussten wir aber, wie der Bauer heißt. Wie viele Leute haben Sie denn schon?"

Frida biss sich innerlich auf die Lippe. Sollte sie ihr die enttäuschende Wahrheit sagen? Würde es helfen, zu lügen?

„Leider noch nicht so viele. Sie sind die Erste", sagte sie leicht beschämt.

„Das macht doch nichts", entgegnete die Rumänin sogleich. „Sie werden sehen, die anderen bekommen wir schnell zusammen."

„Wir?"

„Wollen Sie nicht, dass ich Ihnen helfe?"

Frida traute ihren Ohren kaum.

„Doch, das wäre großartig."

„Ich habe einige Bekannte ein paar Häuser weiter und etwas die Straße runter wohnt meine Nichte, die werden bestimmt alle begeistert sein. Und die restlichen Leute finden wir auch irgendwo. Sollen wir uns morgen Nachmittag treffen?"

Einen Moment lang schauten sie sich schweigend an, dann wurde Frida von ihrer Freude überwältigt und fiel der Frau zu ihrer eigenen Überraschung um den Hals.

„Danke!"

Sie vereinbarten eine Uhrzeit für den nächsten Tag und verabschiedeten sich.

Als Frida wenig später zurück in ihrer Wohnung war, konnte sie ihr Glück noch immer nicht fassen. Dank der weisen Worte ihres Mannes hatte das Leben ihr soeben demonstriert, wie wichtig es ist, sich von Enttäuschungen nicht entmutigen zu lassen. Dass es sich lohnt, immer wieder neuen Mut aufzutreiben. Und ohne sich dessen bewusst zu sein, hatte Frida noch etwas anderes gezeigt bekommen: Für jede gesellschaftliche Veränderung, für jede Utopie und jede neue Bewegung sind zwei Personen ausschlaggebend – diejenige, die anfängt, und diejenige, die mitmacht.

8. Sinn für die Seele

Es dauerte nur einen Nachmittag, da hatten die beiden Frauen genügend Leute beisammen. Zwei befreundete Familien der Rumänin sowie ihre Nichte, vier weitere Personen aus den umliegenden Häusern und auch die Studenten und Fridas Nachbarn aus der dritten Etage konnten für den Lieferservice gewonnen werden. Außerdem beschlossen sie, die alleinerziehende Mutter aus dem Erdgeschoss finanziell zu unterstützen und die Kosten für ihre Bestellungen zu übernehmen. Insgesamt waren es also zwölf Haushalte, die von nun an gemeinsam regionale Bioprodukte kaufen würden. Dank der unerwarteten Hilfe ihrer Nachbarin hatte Frida tatsächlich geschafft, was noch am Tag zuvor fast unmöglich erschienen war. Sie lächelte zufrieden und fühlte sogar leichten Stolz, einen weiteren Punkt auf der Liste des Handelns abhaken zu können.

Der Lieferservice des Hofladens wurde schnell zu einem großen Erfolg. Einmal pro Woche kam der Sohn des Bauern und stellte die Kisten mit frischem Obst und Gemüse und anderen lokalen Köstlichkeiten in die Garage eines netten Rentners, der um die Ecke wohnte. Nach und nach holten alle die bestellte Ware bei ihm ab und dabei gab es nachbarschaftliche Begegnungen, die ohne diese Initiative wohl nie zustande gekommen wären. Menschen, die nebeneinander wohnten und sich doch bisher fremd gewesen waren, lernten sich plötzlich besser kennen; Sorgen und Freuden wurden untereinander ausgetauscht und das gemeinsame Handeln nährte die Hoffnung, dass mit vereinten Kräften noch viel größere Veränderungen möglich waren.

Drei Wochen, nachdem der Lieferservice angefangen hatte, spazierte Frida eines Morgens in die Garage des Rentners, um ihre Bestellung abzuholen. Der Mann war ungefähr in ihrem Alter und lebte genau wie sie alleine. Er hatte ein rundes, sympathisches Gesicht und trug stets breite Hosenträger über seinem ebenfalls runden und sympathischen Bauch. Sie wechselten ein paar Worte über das unbeständige Herbstwetter und die bevorstehenden Kommunalwahlen, dann nahm Frida ihre Kiste und wollte gerade nach Hause gehen, als ein starker Regenschauer einsetzte.

„Jetzt sind wir wohl in meiner Garage gefangen", schmunzelte der Rentner und ließ sich auf einer schmalen Bank nieder, die an der Seitenwand stand.

Frida stellte die Kiste wieder auf den Boden und setzte sich neben ihn. Sie starrten schweigend nach draußen und schauten dem niederprasselnden Regen zu.

„Ich muss mich bei Ihnen bedanken", sagte er nach einer Weile, „denn schließlich waren Sie es, die die Idee mit dem Hofladen hatten."

„Und ich muss Ihnen fürs Mitmachen und für Ihre Garage danken", erwiderte Frida.

Sie schenkten sich ein Lächeln. Das Einkaufen im Internet war äußerst bequem und praktisch gewesen, dachte Frida, und um Regen und Sturm hatte sie sich auch keine Gedanken machen müssen. Aber es hatte sie auch viel einsamer gemacht. Mit einem netten Nachbarn in seiner Garage sitzen, sich unterhalten und dem Regen zuschauen – solche Momente gab es im Online-Supermarkt nicht.

„Die Gemüsekisten sind ein wundervolles Beispiel, was erreicht werden kann, wenn Menschen sich gegenseitig helfen und zusammenarbeiten", sagte der Mann. „Leider passiert das viel zu selten. Wissen Sie, früher habe ich in einer großen Firma in der Bekleidungsindustrie gearbeitet. Dort herrschte ständig ein unerbittlicher Konkurrenzkampf. Es wurde zwar permanent von Teamarbeit gesprochen, aber in Wirklichkeit waren alle Einzelkämpfer, die nur an den eigenen Vorteilen interessiert waren."

„Und warum gab es so großes Konkurrenzdenken?"

Er überlegte einen Moment.

„Ich glaube, es hat viel mit unserem Wirtschaftssystem zu tun. Alles muss ständig wachsen, die Profite müssen steigen und deswegen werden jedes Jahr die Zielvorgaben erhöht. Es gibt ein schreckliches Wettrennen nach immer mehr Leistung und am Ende werden diejenigen belohnt, die am besten über Leichen gehen. Das müssen Sie sich mal vorstellen: Nicht die Hilfsbereitesten verdienen am meisten Geld, sondern die Skrupellosesten!"

Frida musste an den Bankangestellten denken, der auch an dem Modell des endlosen Wachstums festhielt. Abgesehen davon, dass weiteres hemmungsloses Wachstum zu einer ökologischen Katastrophe führen würde, förderte es auch unentwegt eine ungesunde Ellbogenmentalität. Mehr noch, es forderte die Menschen dazu auf, rücksichtslose Einzelkämpfer zu werden.

„Konnten Sie denn nicht versuchen, etwas zu ändern?"

„Glauben Sie mir, das habe ich. Ich hatte sogar in bescheidenem Rahmen etwas zu sagen, aber trotzdem war ich nur ein sehr kleines Rad in einem gewaltigen System. Wichtige Entscheidungen wurden von anderen getroffen – von den Vorständen, den Marketingabteilungen und auch von den Kunden. Denn wenn die Kunden gerne ein T-Shirt für fünf Euro haben wollen, ist es schwierig, bessere Arbeitsbedingungen und nachhaltige Rohstoffe durchzusetzen. Faire Gehälter und Biobaumwolle können nicht mit Fünf-Euro-Shirts finanziert werden."

„Meinen Sie also, dass es reichen würde, wenn die Kunden sich ändern?"

„Ich denke schon. Wenn sich die Nachfrage ändert, wird sich über kurz oder lang auch das Angebot anpassen. Allerdings sehe ich momentan nicht wirklich, dass sich die Nachfrage gravierend ändern wird. Die meisten wollen ihre Kleidung so billig wie möglich bekommen – schlechte Qualität und Ausbeutung von Mensch und Natur werden dabei leider in Kauf genommen." Er hielt inne und seufzte. „Es ist völlig normal geworden, jedes Jahr vier neue Hosen zu kaufen, anstatt alle vier Jahr eine, die dafür aber hochwertig ist und länger hält."

Während es draußen vor der Garage weiterhin in Strömen regnete, versuchte sich Frida vorzustellen, welche

Ausmaße vier neue Hosen und Röcke und Blusen pro Jahr annehmen würden. Sie würde alle paar Jahre einen neuen Kleiderschrank brauchen und das in ihrer kleinen Wohnung!

„Aber es gibt doch auch Alternativen", sagte sie. „Zum Beispiel dieses Label, wie heißt es noch?"

„Fairtrade meinen Sie bestimmt."

„Ja, genau."

„Eine prima Sache ist das. Ich zahle etwas mehr und weiß dafür, dass die Person, die meine T-Shirts herstellt, nicht nur einen Hungerlohn bekommt. Es sollte eigentlich eine Selbstverständlichkeit sein: Wenn ich will, dass andere meine Kleidung nähen, sollte ich den Anstand haben, entsprechend dafür zu bezahlen. Doch die Realität sieht anders aus. Es ist fast so, als würden uns die billigen Preise blind machen und uns den Verstand rauben."

Er schüttelte leicht frustriert den Kopf und Frida nickte verständnisvoll.

„Ich fürchte, wir sind für viele Dinge blind geworden. Mit der Klimakrise ist es ja genauso."

„In der Tat", stimmte er zu. „Und durch den enormen Bedarf an Land, Wasser und anderen Rohstoffen gehört die Bekleidungsindustrie zu den größten Verschmutzern, die den Klimawandel befeuern. Wenn alle Menschen auf der Welt so volle Kleiderschränke hätten wie wir, wäre die Erde wahrscheinlich schon in einem so schlechten Zustand, dass wir längst ausgestorben wären."

Es war eine absurde Vorstellung, wegen voller Kleiderschränke den Planeten unbewohnbar zu machen. Doch wenn Frida an die vielen Tierarten dachte, die bereits ausgestorben waren, wurde die Vorstellung schnell weniger absurd und dafür leider wesentlich realistischer.

„Viel Zeit haben wir nicht mehr, um unser Aussterben zu verhindern."

„Nein", sagte der Mann mit einem weiteren Kopfschütteln, „sie läuft uns davon, die Zeit."

Es war schon komisch, fand Frida. Je weiter sie sich vom Grauen des Krieges entfernte, desto schneller raste sie auf das Grauen der Klimakatastrophe zu.

„Für viele andere ist die Zeit sogar schon fast abgelaufen", fuhr der Rentner fort. „Und das, obwohl sie selbst am wenigsten Schaden anrichten. Denn auf die gleiche Weise, wie wir arme Menschen in entfernten Ländern ausbeuten, um billige Kleidung in unseren Läden zu haben, lassen wir auch andere Menschen für die Klimasünden bezahlen, die wir mit unserem dekadenten Lebensstil begehen." Er streichelte sich nachdenklich über seinen runden Bauch. „Verstehen Sie mich nicht falsch, auch ich habe in meinem Leben viel gesündigt. Es sind nicht nur die anderen. Ohne eine faire Verteilung der wahren Kosten kann es aber einfach nicht besser werden. So lange wir denken, dass billige Kleidung, Vielfliegerei und tägliches Fleischessen nichts mit Klimagerechtigkeit zu tun haben, so lange wird es eben auch keine Gerechtigkeit geben und andere Menschen werden weiterhin für unsere Ignoranz leiden müssen."

Sie sahen sich einen Moment lang traurig in die Augen. Frida hatte bereits von den Wissenschaftlern im Internet gelernt, dass die ärmsten Menschen am meisten unter dem Klimawandel leiden werden. Der globale Süden war viel anfälliger für extremes Wetter, selbst ohne Klimakrise gab es dort schon regelmäßig Dürren und Überschwemmungen. Außerdem fehlte es auch an finanziellen Mitteln. Die Reichen hatten Geld, um Deiche zu bauen und sich so vor dem steigenden Meeresspiegel zu schützen; den Armen blieb hingegen nichts anderes übrig, als zu flüchten. Die einen konnten ihre Vorratskammern für schlechte Zeiten füllen, die anderen hatten schon heute leere Bäuche.

Der Regen ließ etwas nach und Frida wünschte sich insgeheim, dass es noch etwas dauern möge, bis sie trockenen Fußes nach Hause gehen konnte. Trotz der unerfreulichen Thematik genoss sie das Gespräch mit ihrem Nachbarn.

„Wir müssen es einfach besser machen", sagte sie hoffnungsvoll.

„Ja, das müssen wir. Und gerade weil es manchmal so aussichtslos scheint, ist es wichtig, mit anderen zusammen einen neuen Weg einzuschlagen und sich gegenseitig zu ermutigen. So wie wir hier mit den Gemüsekisten."

Wieder schauten sie sich in die Augen, dieses Mal mit einem Lächeln.

„Ich glaube wirklich", sagte der Rentner, „dass wir Menschen von Natur aus kooperative Wesen sind. Dass wir uns viel mehr freuen, wenn wir gemeinsam Erfolge feiern, als immer alleine die Ziellinie zu überqueren. Dass wir vielmehr Genugtuung erfahren, wenn wir einander helfen, statt gegeneinander zu kämpfen."

„Ja, das glaube ich auch", sagte Frida.

Ihre Gedanken wanderten zurück zu ihrer Zeit als Lehrerin. Auch in der Schule gab es viel zu viel Konkurrenzkampf. Viel zu selten wurde Solidarität gelehrt und viel zu oft ging es nur darum, die Schülerinnen und Schüler auf ambitionierte Karrieren vorzubereiten, sie fit zu machen für den Kampf in der Arbeitswelt. Das bestmögliche Zeugnis zu bekommen war wichtiger, als den Tischnachbarn bei einer schwierigen Aufgabe zu unterstützen. Wie sähen die Zeugnisse wohl aus, fragte sie sich, wenn es Noten fürs Helfen geben würde?

„Stellen Sie sich vor", fuhr der Rentner fort, „wenn wir die Klima- und Umweltkrise auf die gleiche Weise angehen würden, wie wir die Herausforderung des regionalen Bioeinkaufs angegangen sind. Anstatt alleine zum Hofladen zu fahren, sind wir durch den Lieferservice näher zusammengerückt. In der Welt könnte dasselbe passieren: Wir könnten ein riesiges Problem gemeinsam lösen und dadurch als Menschenfamilie zusammenwachsen. Nicht mehr gegeneinander, sondern miteinander leben."

„Eine Menschenfamilie", wiederholte Frida leise. „Das wäre schön."

„Es ist durchaus möglich. Wir müssen nur anfangen, in die richtige Richtung zu gehen. Und gibt es einen besseren Ort, als in der eigenen Nachbarschaft anzufangen?"

Frida schüttelte den Kopf. Wie sollte jemand in der Lage sein, mit Menschen auf fremden Kontinenten zu kooperieren, wenn er noch nicht einmal die Namen der eigenen Hausnachbarn kannte?

„Vielleicht ist die Klimakrise in Wahrheit ein Geschenk", sagte sie. „Ein kostbares Geschenk, verpackt als gigantisches Problem, damit wir gezwungen sind, das Geschenk auch zu erkennen. Denn wenn wir es schaffen, zu lernen, als Menschenfamilie zusammenzuleben, uns zu respektieren und fair zu behandeln und uns liebevoll um unser Zuhause zu kümmern, dann steht der Lösung eigentlich nichts im Weg. Die Klimakrise könnte somit eine Gelegenheit sein, uns bewusst zu werden, dass wir auf unserem kleinen Planeten alle Nachbarn sind."

Die letzten Tropfen fielen zu Boden und Frida spürte, wie der Mann sanft seinen Arm um ihre Schulter legte.

„Das Beste ist", sagte er, „dass wir nicht warten müssen, bis andere irgendwann losgehen. Wir können selbst anfangen, die Dinge anders zu machen. Und wenn wir es mit Freude tun, wird sich diese Freude ausbreiten und andere inspirieren." Er hielt einen Moment inne, drückte leicht ihre Schulter und nahm dann seinen Arm zurück. „Außerdem gibt es noch einen weiteren Grund, aktiv zu werden und sich mit anderen für eine bessere Welt zu engagieren."

Sie warf ihm einen neugierigen Blick zu.

„Ganz einfach: Das eigene Leben wird auf einmal wieder bedeutungsvoller! Besonders alte Menschen wie wir fühlen sich doch oft überflüssig in einer Gesellschaft, die auf Leistung und Wettbewerb ausgerichtet ist. Wenn wir hingegen mit anpacken und Teil der Lösung werden, verlieren wir das Gefühl der Bedeutungslosigkeit und unser Leben gewinnt an Sinn."

Frida begann, übers ganze Gesicht zu strahlen. Ja, genau das war es! Sie fühlte, dass sie etwas Sinnvolles tat, wenn sie ihre Bank und den Stromanbieter wechselte, wenn sie weniger Tierprodukte aß und ihren ganzen Mut aufbrachte, um die Nachbarn wegen des gemeinsamen Bioeinkaufs anzusprechen. Niemand konnte alleine die Zukunft ändern, schon gar nicht eine alte Frau wie sie. Aber was sie sehr wohl tun konnte, war, Samen zu pflanzen, die eine andere Zukunft ermöglichen. Und auch wenn sie selbst nie die Früchte von vielen dieser Samen ernten würde, so waren diese Samen doch schon heute wertvolle Nahrung für ihre Seele. Vielleicht konnte die Liste des Handelns auch anderen helfen, ausgehungerte Seelen wieder mit Sinn zu füllen.

Mit diesen Gedanken nahm Frida ihre Gemüsekiste und verabschiedete sich von dem netten Rentner, der genau wie sie an eine gerechtere, gesündere und glücklichere Welt glaubte. Auf dem kurzen Heimweg spürte sie dann auf einmal eine angenehme Wärme, die direkt aus ihrem Inneren kam und sie den nasskalten Herbsttag vergessen ließ. Zum einen hatte wohl das Lächeln des Mannes ein leichtes Kribbeln in ihrem Bauch ausgelöst, wie sie es schon lange nicht mehr erlebt hatte. Ihr Herz gehörte immer noch ihrem Ehemann und vielleicht würde sich daran auch nie etwas ändern – trotzdem tat das Kribbeln gut. Viel wichtiger war allerdings, dass die Veränderungen der letzten Wochen nicht nur gut für die kranke Erde waren, sondern auch für ihr eigenes Wohlbefinden. Sie hatte es geschafft, ihre Untätigkeit in mutiges Handeln zu verwandeln, und dafür war sie sowohl mit neuer Hoffnung als auch mit neuen Freunden belohnt worden.

Natürlich war sie sich bewusst, dass die Zerstörung der Natur noch lange nicht beendet war. Es würde weiterhin schlechte Nachrichten geben und auch Zeiten von dunklem Pessimismus. Aber all das spielte gerade keine Rolle. Für den Moment badete sie in einem Gefühl von friedlicher Leichtigkeit, und dieses Gefühl wollte sie genießen.

Inspiriert von dem glücklichen Augenblick, brachte Frida die Kiste in ihre Küche. Dann ging sie in den Keller und holte ihren alten Plattenspieler und die verstaubten Schallplatten hoch. Sie baute alles in ihrem kleinen Wohnzimmer auf, legte eine Aretha Franklin-Platte auf und lauschte gespannt dem Knistern aus den Lautsprechern. Als die Musik einsetze, begann sie, auf ihren Füßen hin und her zu wippen. Wie sehr sie diese alten Soul-Klassiker vermisst hatte! Und die Gespräche mit liebevollen Nachbarn, mit Gleichgesinnten und Träumern, die hatten ihr auch gefehlt. Sie tanzte und lachte sich durch ihre ganze Plattensammlung und fühlte sich dabei unendlich dankbar. Dankbar und lebendig!

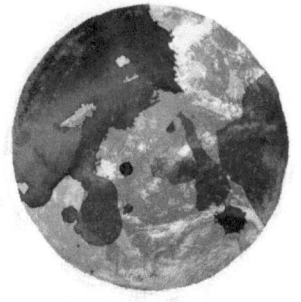

9. Verbote und Träume

Für den nächsten Tag hatte Paul einen kurzen Besuch angekündigt. Es war Mittwoch und ausnahmsweise schien die Sonne. Als ihr Enkel das Wohnzimmer betrat, lief immer noch Fridas alter Plattenspieler.

„Du hörst Stevie Wonder?", fragte er erstaunt.

„Du kennst Stevie Wonder?", entgegnete Frida mindestens genau so erstaunt.

Sie grinsten sich an. Dann ließen sie sich mit zwei Tassen Kakao und einem Teller Kekse auf dem Sofa nieder und brachten sich auf den neusten Stand. Paul erzählte ihr von Plänen der Stadt, den Park, in dem sie immer spazieren gingen, an eine Immobilienfirma zu verkaufen. Statt Bäume sollten dort bald neue Wohnungen stehen. Er war wütend und schüttelte immer wieder den Kopf.

„Wie können wir von Brasilien fordern, den Amazonas zu schützen, wenn wir es noch nicht einmal hinbekommen, die Bäume in einem kleinen Park stehenzulassen?"

Frida zuckte mit den Schultern. Es war leider viel einfacher, mit dem Finger auf andere zu zeigen, als selbst in den Spiegel zu sehen und das eigene Tun zu hinterfragen. Das galt für einzelne Menschen genauso wie für Regierungen jeglicher Größe. Wirklich überraschend waren die Pläne der Stadt für sie daher nicht. Sie hatte sich schon oft gefragt, wie lange es dauern würde, bis auch die letzten Bäume des ehemals riesigen Waldes verschwinden würden. Ihr graute bei dem Gedanken, dass der Park womöglich schon bald dem Erdboden gleich gemacht würde, doch wütend wie Paul war sie nicht. Auch spürte sie weder Trauer noch Verzweiflung. Nicht, weil sie bereits resigniert hatte, sondern im Gegenteil: Durch all die positiven Veränderungen der vergangenen Wochen war Optimismus in ihr gewachsen, fast so, als hätte sie in ihrem Inneren eine geheime Quelle der Zuversicht angezapft. Statt also weiter über die Pläne der Stadt zu sprechen, machte sie sich daran, Paul von dem Wandel zu berichten, den die Liste des Handelns bei ihr ausgelöst hatte.

Sie erzählte vom Wechsel ihrer Bank, von ihrem neuen Stromanbieter, der Mandelmilch zum Frühstück und dem Besuch im Biosupermarkt. Und natürlich auch von der Taxifahrt zum Hofladen und der Herausforderung, genügend Leute für den Lieferservice zu finden. Sie sprach von Enttäuschung und Mut, von fremden Nachbarn und neuen Freunden. Und während sie erzählte, füllte sich Pauls Gesicht mit immer mehr Bewunderung und Stolz.

„Du hast dich in Frida for Future verwandelt!"

Seine Oma lachte für einen Moment, dann schüttelte sie den Kopf.

„Nein, ich bin einfach nur Frida. Die Zukunft betrifft uns alle. Folglich müssen wir uns auch alle um sie kümmern."

Am Samstag hatte der Himmel wieder sein graues Herbstgewand übergezogen. Fridas Zuversicht hatte sich ebenfalls verkrochen und an ihre Stelle war bittere Realität gerückt. Es war, als hätte Paul einen Teil seiner Wut bei ihr in der Wohnung gelassen. Sie war fassungslos, dass die Stadt tatsächlich den Park verkaufen wollte. Zudem hatte sie im Radio wieder viel zu viele schlechte Nachrichten gehört, schwere Waldbrände wüteten im Kongo, ein gewaltiger Taifun hatte in Japan große Schäden angerichtet und in Norditalien hatte es verheerende Überschwemmungen gegeben. In Zeiten der Klimakrise war es praktisch unmöglich, dachte sie, permanent zuversichtlich zu sein. Hoffnung und Aussichtslosigkeit wechselten sich ständig ab, was zu einer Achterbahnfahrt der Gefühle führte; ein rasantes und völlig unberechenbares Auf und Ab, das weder Rücksicht auf Fridas Alter nahm noch auf ihre Wünsche. Sie hoffte so sehr, dass alles gut werden würde, doch gleichzeitig wusste sie, dass die Sache äußerst kompliziert war. Zu schnell schritt die Zerstörung der Natur voran und zu langsam änderten sich die Menschen. Vielleicht waren einige Kipppunkte schon längst erreicht. Vielleicht war es schon längst zu spät für Wünsche.

Am frühen Nachmittag klingelte es auf einmal an der Tür. Frida fuhr zusammen, sie erwartete eigentlich keinen Besuch.

„Hallo?", fragte sie durch die Sprechanlage.

„Ich bin's", antwortete eine zerbrechliche Stimme.

Frida betätigte den Türöffner und wenig später stand ihre Schwiegertochter, Pauls Mutter, vor ihr. Frida bat sie herein und sah sogleich die großen Sorgenfalten auf ihrem Gesicht. Mit einer Kanne Kamillentee ließen sich die beiden an dem kleinen Küchentisch nieder.

„Was ist passiert?"

„Paul hat sich mit seinem Vater gestritten."

Frida schaute sie zögernd an.

„Na ja, ungewöhnlich ist es wohl nicht, dass die zwei sich in die Haare kriegen."

„Nein, aber dieses Mal ist es viel schlimmer als sonst", schluchzte ihre Schwiegertochter. „Sie haben sich laut angeschrien und wollen nun nie mehr miteinander reden."

Am Vortag hatte Paul herausgefunden, dass ausgerechnet die Immobilienfirma, für die sein Vater arbeitet, den Park kaufen wollte. Er hatte ihn noch am selben Abend aufgefordert, etwas dagegen zu unternehmen, doch Pauls Vater hatte ihn nur ausgelacht. Daraufhin war der Streit eskaliert.

„Und du, was hast du gesagt?", wollte Frida wissen.

„Was hätte ich denn sagen sollen?"

Frida schüttelte mit dem Kopf.

„Du hättest Paul unterstützen können. Oder findest du es richtig, dass die alten Bäume durch Wohnungen ersetzt werden?"

Schweigen. Fridas Schwiegertochter war vor Angst völlig paralysiert. Nein, nicht Angst vor weiterer Zerstörung der Natur, sondern vor dem Ende des Hausfriedens. Es war schon immer das Einzige gewesen, was ihr wichtig war. Um jeden Preis wollte sie Harmonie bewahren, auch wenn es bedeutete, ihre eigene Meinung und ihre eigenen

Bedürfnisse aufzugeben. Frida hatte immer ihre Entscheidungen respektiert, auch wenn sie selbst oft anders dachte. Die Entscheidung ihres Enkels konnte sie dagegen sehr gut nachvollziehen.

„Wenn ich Paul wäre, würde ich auch nicht mehr mit deinem Mann reden. Wie kann er sich über die berechtigten Sorgen seines Sohnes lustig machen?"

„Er hat es bestimmt nicht böse gemeint."

Frida warf ihr einen zweifelnden Blick zu.

„Außerdem sollte Paul nicht in diesem Ton mit seinem Vater reden."

„Meinst du, eine nette Bitte hätte es getan?"

Die Schwiegertochter griff mit zittrigen Händen nach ihrer Tasse und nahm einige kleine Schlucke.

„Warum will er denn alles verändern?", fragte sie ängstlich.

„Wer? Paul?"

„Ja. Er redet ständig davon, dass wir unseren Lebensstil ändern müssen. Wegen des Klimas. Wir sollen nicht mehr fliegen, kein Fleisch mehr essen und mein Mann darf keine Wohnungen mehr bauen."

„Ich glaube nicht, dass er gesagt hat, dass keine Wohnungen mehr gebaut werden dürfen. Allerdings sollten dafür in der Tat keine gesunden Bäume gefällt werden. Und es geht auch nicht darum, gar nicht zu fliegen und gar kein Fleisch zu essen, sondern darum, alles etwas zu reduzieren."

„Aber warum denn? Warum kann nicht alles bleiben, wie es ist?"

Frida seufzte und widmete sich einige Momente ihrer eigenen Tasse. Auch sie wünschte sich manchmal, dass sich die Dinge nicht ändern würden. Dass ihr Augenlicht nicht schwächer werden würde, dass ihr Ehemann nicht gestorben wäre und dass die Menschen nie angefangen hätten, die Natur mit Füßen zu treten. Dass nach dem Ende eines Krieges nie wieder ein neuer Krieg beginnen würde. Doch der konstante Wandel war eben ein Teil des Lebens, und nicht alle Veränderungen waren angenehm. Allerdings war es auch genau dieser konstante Wandel, der Hoffnung machte. Denn wenn alles bleiben würde, wie es ist, würde auch die kranke Erde krank bleiben.

Das eigentliche Problem war also nicht der Wandel an sich, sondern die Angst vor ihm. Fridas Schwiegertochter war dafür das beste Beispiel. Sie war vollkommen gelähmt durch ihre Angst – statt mutig einen neuen Weg zu erkunden, versuchte sie krampfhaft, an alten Pfaden festzuhalten.

„Wie soll es daheim bloß weitergehen?", fragte sie verzweifelt. „Wir können doch nicht unser ganzes Leben auf den Kopf stellen, nur wegen des Klimas. Und die ständigen Streitereien der beiden, ich ertrage das einfach nicht."

Frida überlegte eine Weile, wie sie reagieren sollte. Auf der einen Seite war sie wütend, dass ihre Schwiegertochter in dieser trägen Opferrolle verharrte. Auf der anderen Seite war sie sich aber auch bewusst, dass Wut nicht helfen würde.

„Ich verstehe, dass du in Frieden leben möchtest", sagte sie schließlich. „Paul möchte das auch, genau wie ich. Doch ohne gewisse Veränderungen wird es keinen Frieden geben. Denn so, wie die meisten Menschen leben, befinden sie sich im Krieg mit der Natur."

Pauls Mutter begann wieder zu schluchzen.

„Wieso muss ich das mitmachen? Ich habe doch niemandem etwas getan."

Das nicht, dachte Frida, aber sie half auch niemandem. Ihre lähmende Angst führte zu Ausreden und Leugnung, zum Wegsehen, Schweigen und Nichtstun. Dabei konnte Angst auch die Dringlichkeit des Handelns bewusst machen. Bei schweren Krankheiten war das genauso: Die drohende Gefahr, womöglich zu sterben, konnte ungeahnte Kräfte freisetzen. Und vielleicht hatten viele einfach noch nicht verstanden, dass es bei der Klimakrise genau darum ging: ums Überleben.

Doch jemand wie Fridas Schwiegertochter war vielleicht nicht im Stande, sich von der Angst motivieren zu lassen. Vielen anderen ging es ähnlich – und wenn die Menschen sich nicht freiwillig änderten, dachte Frida, mussten sie vielleicht dazu gezwungen werden. Sie war kein Freund von Verboten, doch wie sollte es sonst funktionieren, das Ruder noch herumzureißen? Bestimmte Dinge sollten daher einfach nicht mehr erlaubt sein: gesunde Bäume fällen, kurze Flugreisen, Geländewagen in der Stadt oder auch billiges Fleisch, das um die halbe Welt reist. Besser jetzt etwas verbieten, als in naher Zukunft alles verlieren.

Frida war sogar schon auf den Gedanken gekommen, dass eine Art Ökodiktatur die einzige Lösung war. Eine mächtige Instanz, die das Wohl von Mensch und Natur als oberste Priorität ansah. Doch Diktaturen und Verbote würden auch allerlei Komplikationen mit sich bringen. Zum einen würden sie in erster Linie den ärmeren Teil der Gesellschaft treffen – diejenigen, die genug Geld hatten, würden Wege finden, sich irgendwie von den Verboten freizukaufen. Zum anderen existierte keine einzige Person, die mächtig und weise genug war, immer die richtigen Entscheidungen zu treffen. Und Regierungen? Statt entschlossen erneuerbare Energieformen zu fördern, wurden weiterhin giftige Kohlekraftwerke gebaut; statt weitreichende, kluge Maßnahmen zu erlassen, wurden völlig unzureichende Klimapakete verabschiedet. Waren Regierungen also überhaupt in der Lage, die richtigen Verbote aufzustellen?

Hinzu kam, dass Frida die persönliche Freiheit liebte, die die moderne Welt den Menschen gebracht hatte. Wenn Verbote diese Freiheit einschränken würden, wäre das für sie akzeptabel? Und vor allem: Wären Verbote überhaupt eine langfristige Lösung für die Krankheit, die sich rasant auf der Erde ausbreitete? Denn letzten Endes konnte diese Krankheit, bestehend aus Egoismus, Gier und Ignoranz, nur durch mehr Bewusstsein besiegt werden. Mehr Bewusstsein und mehr Liebe.

Frida schenkte Tee nach und sah ihre Schwiegertochter mitfühlend an. Vielleicht war alles auch nur eine Frage der Wortwahl und der Perspektive. Lästige Verbote könnten auch sinnvolle Regeln genannt werden – die Anschnallpflicht, das Tempolimit und das Rauchverbot an öffentlichen Orten, das waren doch alles Dinge, über die sich anfangs alle aufgeregt hatten, und am Ende war die große Mehrheit froh gewesen, dass diese Einschränkungen eingeführt worden waren. Statt mit Angst könnte man der Veränderung also auch mit Freude begegnen.

„Weißt du", sagte sie, „wenn alles gut wäre, bräuchten wir nichts zu ändern. Aber es ist nicht alles gut. Auch wenn wir beide schon älter sind, ist es gut möglich, dass wir noch viele schreckliche Konsequenzen der Klimakrise miterleben werden. Gleichzeitig heißt das aber auch, dass wir viele positive Änderungen sehen können, wenn wir anfangen, eine andere Richtung einzuschlagen."

Ihre Schwiegertochter nickte zaghaft.

„Statt weiterhin zu zerstören, könnten wir anfangen, alles wiedergutzumachen", fuhr Frida fort. „Wir könnten die Veränderungen, die uns so schwer erscheinen, willkommen heißen. Denn seien wir doch mal ehrlich: Weniger fliegen und weniger Fleisch essen, meinst du wirklich, dass wir dadurch unglücklicher werden würden? Ich wage sogar zu behaupten, dass wir durch weniger Überdruss etwas gewinnen würden."

Frida erntete einen skeptischen und doch zugleich neugierigen Blick.

„Den Genuss! Wenn wir nur Erdbeeren essen, die bei uns zu bestimmten Zeiten auf den Feldern wachsen, werden Erdbeeren wieder zu etwas Besonderem und wir freuen uns wieder auf sie. So wie wir es früher getan haben. Und wenn du nur noch einmal im Jahr in den Urlaub fliegst, hörst du auf, Reisen besinnungslos zu konsumieren, und fängst an, sie wertzuschätzen und folglich ganz anders zu genießen."

Endlich lächelte Pauls Mutter ein wenig. Frida verstärkte ihre Anstrengung und malte ein buntes Zukunftsbild mit allen Farben, die ihr zur Verfügung standen. Sie sprach davon, wie die älteren Generationen ihren Teil zu einer besseren und gesünderen Welt beitragen konnten. Dabei ging es nicht bloß ums Mitmachen, sondern auch ums Mitgestalten. Die Klimabewegung weder ignorieren noch passiv neben ihr herlaufen, sondern sie bereichern!

Frida erzählte, dass sie mit zwei anderen pensionierten Nachbarn eine Arbeitsgruppe gründen wollte, um jungen Menschen alte Fähigkeiten beizubringen. Sie wollten anderen ermöglichen, wieder mehr selbst zu machen, sei es kochen, nähen oder reparieren. Nicht immer alles fertig kaufen und schnell wegwerfen. Nachhaltiger werden. Ein selbst gekochter Eintopf zum Beispiel, zubereitet mit frischem Gemüse vom Markt, bedeutete deutlich weniger Verpackung und kürzere Transportwege; weniger Konsum, dafür mehr Freude, Erfüllung und Unabhängigkeit. Ein wahres Wundermittel, gut für die Welt und gut für die Seele!

Es gab so viel, was sie tun konnten – sie mussten es einfach nur in die Tat umsetzen. Ob ihre Worte bei ihrer Schwiegertochter etwas bewirken würden, wusste sie nicht. Aber das Bild, das Frida malte, half zumindest, ihre eigene Zuversicht wieder zu stärken. Nicht im Pessimismus steckenzubleiben, sondern immer wieder aufzustehen und weiterzugehen.

„Lass uns gute Vorbilder sein!", sagte sie mit ermutigender Euphorie. „Wenn wir genügend andere inspirieren, schaffen wir vielleicht das, was uns oft als utopisch und unmöglich erscheint. Wir können die Klimakrise überwinden, Frieden schaffen und alle gemeinsam glücklicher werden!"

Ein Traum, ja. Aber wenn wir keinen guten Traum hätten, wie sollte er dann jemals wahr werden?

10. Was wir lieben

Trotz aller zwischenzeitlichen Euphorie ließen die Sorgen um den Zustand der Welt Frida keine Ruhe. Sie sah zwar überall Zeichen, dass sich etwas änderte, aber es war bei weitem nicht genug und alles ging viel zu langsam. Paul und seine Freunde von Fridays for Future waren aktiv und schafften es sogar immer öfter in die Nachrichten, und der Lieferservice vom Hofladen lief ebenfalls immer besser. Mittlerweile war ihre Gruppe auf fast zwanzig Mitglieder angewachsen. Doch Frida war sich bewusst, dass sowohl die Fridays for Future-Bewegung als auch der Biolieferservice nur kleine Blasen der Hoffnung waren in einem Meer von Untätigkeit. Was blieb von den positiven Zeichen des Wandels im normalen Alltag? Die Leute konsumierten um die Wette, die Autos standen im Stau und verpesteten die Luft und die Müllcontainer quollen über. Statt den ökologischen Fußabdruck zu verringern, schaffte es die ach so zivilisierte Gesellschaft nicht einmal, ihn wenigstens nicht noch zu vergrößern. Die schädlichen Emissionen und der Wachstumswahnsinn blieben nicht gleich, sondern explodierten förmlich! Und als wäre das alles nicht schon schlimm genug, drohte jetzt auch noch der Abriss ihres geliebten Parks.

Einige Tage nach dem Besuch ihrer Schwiegertochter zog sich Frida ihren dicken Mantel und einen Schal an und machte sich trotz der ungemütlichen Temperaturen auf den Weg zu den Bäumen. Während sie die Straße entlang ging und versuchte, sich auf die spätherbstliche Kälte einzustellen, fand sie auf einmal ein klein wenig Verständnis für all diejenigen, die den Klimanotstand nicht ernst nahmen. War es nicht in der Tat komisch, von Klimaerwärmung zu sprechen, wenn es draußen jeden Tag kälter wurde?

Sie betrat den Park durch den Haupteingang und spazierte alleine den schmalen Weg entlang. Die Bäume hatten inzwischen alle Blätter verloren und ihre nackten Äste tanzten wie geheimnisvolle Gestalten im Wind. Frida fragte sich, was die Bäume wohl über die Entwicklungen auf der Erde dachten. Sie hatten weder Augen noch Ohren, und doch waren es Lebewesen, die wie alle anderen Lebewesen in das Weltgeschehen eingebunden waren. Mit Sicherheit spürten sie ebenfalls, dass etwas nicht in Ordnung war.

Einige der großen Bäume kannte Frida bereits seit ihrer Jugend. Die riesige Buche am nördlichen Rand des Parks zum Beispiel oder die drei dicken Eichen neben der großen Wiese. Für sie waren es alte Freunde, mit denen sie über die Jahre viele Momente geteilt hatte. Geschichten von Freud und Leid, von Stürmen und Stille, von Verbundenheit und Einsamkeit. Sie wollte sich ein Leben ohne diese Freunde nicht vorstellen und doch schien alles genau darauf hinauszulaufen. Schon bald könnten schwere Bagger über die Wege rollen und laute Motorsägen den gemeinsamen Geschichten ein Ende bereiten. Und dann, wenn alles platt war, würden die Bagger weiterrollen und die Motorsägen würden die nächsten Bäume ins Jenseits befördern. Jeden Tag passierte es, überall und immer öfter. Kein Wunder, dachte sie, dass sich die Natur anfing zu wehren.

An dem kleinen Spielplatz traf sie die Mutter aus dem Erdgeschoss ihres Hauses. Sie grüßten sich und wechselten ein paar Worte, bevor sich die Frau entschuldigte und einen Streit ihrer drei tobenden Kinder schlichtete. Frida spazierte langsam weiter und sann über die mütterliche Aufopferung nach. Alleine mit drei kleinen Kindern, Tag ein, Tag aus – viel Zeit blieb da nicht, um sich um die eigenen Bedürfnisse zu kümmern. Es musste allerdings auch schön sein, so eine große Familie zu haben, dachte sie. Früher war es auch ihr Wunsch gewesen, mehrere Kinder zu haben, doch es hatte einfach nicht sein sollen. Mittlerweile war sich Frida nicht mehr sicher, ob sie immer noch den gleichen Wunsch hätte, wenn sie plötzlich sechzig Jahre jünger wäre. Abgesehen von dem Stress, den so viele Kinder mit sich brachten, trugen Großfamilien auch nicht wirklich zu einer nachhaltigen Welt bei. In der Klimabewegung gab es nicht wenige, die behaupteten, es sei unverantwortlich, überhaupt noch Kinder zu bekommen. Schließlich bedeutete jedes weitere Kind eine zusätzliche Belastung für die ohnehin schon überfüllte Erde. Frida teilte diese Haltung nicht gänzlich, denn ohne jeglichen Nachwuchs würde es auch keine Zukunft geben. Aber vielleicht reichten auch einfach ein oder zwei Kinder pro Familie.

Manche Leute wandten bei diesem Thema ein, dass erst einmal die Menschen in Afrika und Asien aufhören sollten, unentwegt Babys zu zeugen. Frida konnte dazu aber nur energisch den Kopf schütteln. Selbstverständlich mussten sich die Dinge auf anderen Kontinenten auch ändern, aber als Reaktion auf Kritik einfach über andere herzuziehen war nicht nur feige und arrogant, sondern es trug vor allem nicht zur Lösung der Probleme bei.

Sie ging am kleinen Weiher vorbei und war fast bei der großen Buche angekommen, als sie in der Nähe vom Wegesrand den Gärtner des Parks regungslos neben einem Busch knien sah. Sie hatte ihn schon oft gesehen. Er war ungefähr Mitte fünfzig, hatte einen grauen Lockenkopf und eine ruhige und freundliche Ausstrahlung. Besorgt trat sie ein paar Schritte näher.

„Geht es Ihnen nicht gut?"

Er drehte sich zu ihr um und lächelte.

„Alles bestens. Ich bestaune hier nur gerade diese fleißigen Ameisen."

Frida beugte sich nach vorne und dann sah sie sie ebenfalls: Hunderte der kleinen schwarzen Tierchen tummelten sich um ein Loch im Boden und schleppten auf einer breiten Ameisenstraße weiße, walnussgroße Bällchen unter die Erde.

„Popcorn", sagte der Gärtner.

„Wie bitte?"

Der Mann zeigte auf einen Mülleimer am Wegesrand. Irgendjemand hatte eine Tüte Popcorn weggeworfen und dabei war ein Teil des Inhalts auf dem Rasen gelandet. Es war sicher nicht richtig, den Park auf diese Weise zu verschmutzen, aber die Ameisen freute es, denn so konnten sie noch kurz vor dem Winter ihre Vorratskammer aufstocken.

„Schön, dass Ihnen jemand hilft, hier alles sauber zu halten."

Der Gärtner stand auf und nickte.

„Ja, wir unterschätzen oft, wie viel Arbeit uns die ganzen Insekten abnehmen. Es sind zwar nur winzig kleine Wesen, aber ihre Rolle in der Natur ist von unglaublicher Wichtigkeit." Dann seufzte er. „Leider werden es immer weniger."

„Das Insektensterben", sagte Frida sogleich. „Davon habe ich auch schon gehört."

„Ich sehe es fast jeden Tag. Dort, wo es früher vor Fliegen, Bienen und Käfern nur so wimmelte, herrscht heute oft gähnende Leere."

„Meinen Sie, das hat auch mit der Klimakrise zu tun?"

„Mit Sicherheit", antwortete der Gärtner. „Das gesamte Ökosystem reagiert höchst sensibel auf Temperaturschwankungen. Vor allem schnelle Veränderungen können dramatische Folgen haben. Das Klima hat sich zwar schon immer geändert, aber normalerweise passiert das im Schneckentempo und über große Zeiträume."

Er erhob sich, klopfte etwas Dreck von der Hose und langsam schlenderten sie gemeinsam den Weg entlang.

„Der Klimawandel trägt allerdings nicht die alleinige Schuld für das Verschwinden der Insekten", fuhr der Gärtner fort. „Die Pestizide, die vor allem in der Landwirtschaft benutzt werden, haben ebenfalls einen großen Anteil. Sie vergiften das Land und alles, was auf ihm lebt. Kurzfristig helfen die Chemikalien, die Arbeit der Bauern zu erleichtern und höhere Erträge zu erzielen, aber langfristig zerstören sie die Grundlage jeglichen Wachstums. Denn ohne einen gesunden Boden und eine intakte Insektenwelt, wie soll da irgendetwas Brauchbares gedeihen?"

Frida sah ihn traurig von der Seite an. Es war zum Verzweifeln, die Menschen schaufelten ihr eigenes Grab!

„Und als wären Klimawandel und Gifte nicht schon genug, rauben wir den kleinen Tierchen auch noch ihren Lebensraum. Sehen Sie sich doch nur all die gepflasterten Vorgärten an. Blumen? Fehlanzeige! Fruchtbare Erde?" Er zuckte mit den Schultern. „Überall wuchert der Beton und Städte breiten sich aus wie ein aggressiver Krebs. Wie soll es noch gesunde Natur geben, wenn der Mensch ihr keinen Platz zum Atmen lässt?"

Sie schwiegen einige Momente, während sie mit leisen Schritten weiterspazierten.

„Haben Sie gehört, dass dieser Park auch zugebaut werden soll?"

„Ja", erwiderte der Gärtner mit einem weiteren Schulterzucken. „Wohnungen sollen hier entstehen. Für Menschen. Die bereits existierenden Wohnungen der Tiere interessieren niemanden. Es ist wirklich zum Haareraufen!" Dann ein gleichmütiger Blick. „Aber es ist eben, wie es ist."

Er schenkte ihr ein aufmunterndes Lächeln und Frida lächelte zurück.

„Vielleicht werden die Menschen irgendwann begreifen, dass sie die Natur brauchen."

„Ja, vielleicht", entgegnete Frida. „Aber werden wir es rechtzeitig begreifen? Bevor es zu spät ist?"

Es wäre tragisch, wenn sich die Menschheit eines Tages bewusst werden würde, dass sie Teil eines eng verflochtenen Gewebes ist und auf die Gesundheit des gigantischen, hoch komplexen Ökosystems angewiesen ist, nur um dann festzustellen, dass bereits zu viele Kipppunkte überschritten wurden und es trotz allen guten Willens kein Mittel mehr gegen den Kollaps gibt.

„Ich befürchte, es muss alles erst noch viel schlimmer werden, bevor ein tieferes Verständnis die nötigen Veränderungen ermöglichen kann", sagte der Gärtner. Dann lächelte er wieder. „Aber noch habe ich Hoffnung, dass wir es rechtzeitig schaffen. Und gerade bei der Klimakrise sind es die Bäume in den Parks und Wäldern, die einen großen Teil zur Lösung beitragen können. Sie können helfen, die ausgelaugten Böden zu regenerieren und überschüssigen Kohlenstoff aus der Luft zu ziehen. Sie können zu den Rettern der Menschen werden! Wir müssen sie nur lassen."

Es könnte so einfach sein, dachte Frida. Den schädlichen Massenkonsum reduzieren und gleichzeitig so viele Bäume wie möglich pflanzen – mehr brauchte fast nicht getan zu werden. Und war die Natur nicht bewundernswert? Sie musste nicht erst all unsere Gräueltaten vergeben und vergessen, sondern war bereit, uns sofort zu helfen.

„Wir sollten alle anfangen, jede Woche einen Baum zu pflanzen", sagte sie.

„Das wäre schön, ja. Aber noch schöner und noch wichtiger wäre es, wenn wir endlich mit der massiven Abholzung aufhören würden. Milliarden von Bäumen gehen uns jedes Jahr verloren – so schnell können die neuen gar nicht nachwachsen, um das alles wett zu machen."

„Ein hilfreicher erster Schritt wäre es also, diesen Park nicht abzureißen", fasste Frida zusammen.

„Genau! Direkt hier vor unseren Füßen haben wir die Chance, ein anderes Schicksal zu wählen und einen bedeutsamen Beitrag zum Klimaschutz zu leisten." Der Gärtner hielt kurz inne. „Ob wir diese Chance nutzen werden? Und ob wir noch viele Chancen bekommen werden?"

Für eine Weile gingen sie wieder schweigend nebeneinander her. Auf der einen Seite glaubte Frida an die Großzügigkeit der Natur, den verwirrten Menschen noch viele weitere Chancen zu geben. Auf der anderen Seite hatte sie aber auch vollstes Verständnis dafür, wenn selbst die Natur irgendwann ungeduldig werden würde. Zeichen, dass sich der Notstand unaufhörlich verschlechterte, gab es zur Genüge: die zunehmenden Stürme, Überschwemmungen, Dürren, Waldbrände und eben auch das Insektensterben. Doch vielleicht hatte der Gärtner recht, vielleicht brauchten die Menschen noch viel mehr und viel deutlichere Zeichen.

„Wissen Sie", sagte er mit ruhiger Stimme, als sie an einer der zahlreichen Holzbänke vorbeikamen, „es geht nicht nur um die Umweltprobleme. So ein Park ist ein Gemeingut. Er ist für alle gleichermaßen da und kann als neutraler Treffpunkt, inspirierender Spielraum oder natürlicher Rückzugsort genutzt werden. Wenn der Park verschwunden ist, wo sollen die Leute sich dann treffen, wo sollen sie spielen und entspannen? Im Einkaufszentrum?"

Frida musste schmunzeln. Ja, es war schon eine merkwürdige Welt.

„Was denken Sie denn, was bei uns schiefläuft? Warum lassen wir es zu, dass so ein Park abgerissen wird?"

Der Gärtner fuhr sich durch seine Locken und dachte einen Moment nach.

„Vielleicht genau deswegen: weil wir den Park durch das Einkaufszentrum ersetzt haben. Wenn mehr Menschen hier draußen im Grünen Zeit verbringen würden, würden sie diesen Ort womöglich viel mehr wertschätzen und wären folglich auch bereit, ihren Schatz zu verteidigen. Ich glaube, letztes Endes beschützen wir nur das, was wir gut kennen und was wir lieben."

Frida nickte zustimmend. Mit vielen Dingen war es ähnlich. Wenn wir selbst anbauen würden, was wir für unser Essen brauchen, kämen wir nicht auf die Idee, so große Mengen davon wegzuwerfen; wenn wir unsere eigene Kleidung nähen müssten, würden wir sie viel besser pflegen; und wenn wir alle Erdbewohner persönlich kennen würden, würden wir nicht Grenzen errichten, sondern Brücken bauen.

„Um die Klimakrise abzuwenden, müssen wir also zuallererst die Erde, unser Zuhause, besser kennenlernen."

„Ja, ich denke schon", sagte der Gärtner. „Wir müssen unsere Beziehung zu Wasser, Land und Luft und zu allen Lebewesen intensivieren. Wir müssen uns wieder als Teil von allem fühlen, statt uns immer weiter zu isolieren. Außerdem ist es auch eine Frage der Verantwortung: Sind wir gewillt, für die Probleme, die wir offensichtlich geschaffen haben, Verantwortung zu übernehmen? Jeder Einzelne von uns ist schuldig, der eine etwas mehr, der andere etwas weniger. Und wenn wir das verstanden und akzeptiert haben, gilt es, Antworten in Form von nachhaltigen Lösungen zu finden und diese anschließend auch umzusetzen."

Frida kamen die Worte in den Sinn, die Paul vor einigen Tagen gesagt hatte. ‚Wie können wir von Brasilien fordern, den Amazonas zu schützen, wenn wir es noch nicht einmal hinbekommen, die Bäume in einem kleinen Park stehenzulassen?' Indem indirekt die südamerikanischen Länder beschuldigt wurden, wurde auch die eigene Verantwortung ignoriert.

„Es bringt nichts", fuhr der Gärtner fort, als hätte er Fridas Gedanken gelesen, „anderen die Schuld in die Schuhe zu schieben und darauf zu warten, dass irgendjemand irgendetwas unternehmen wird. Ihre Generation und meine Generation, wir haben den Mist angerichtet. Und die junge Generation hat zwar teilweise gute Absichten, führt unseren destruktiven Lebensstil aber im Großen und Ganzen fort. Die einzigen, die frei von jeder Schuld sind, sind diejenigen, die noch gar nicht geboren sind. Daher müssen wir uns alle fragen, alle, die jetzt gerade leben:

Was wollen wir denen hinterlassen, die noch gar nicht auf der Welt sind? Denn die Erde ist unser gemeinsames Erbe – in was für einem Zustand wollen wir dieses Erbe an unsere Nachfahren weiterreichen? Als kostbares Geschenk oder als wertlosen Dreckhaufen?"

Ein letztes Schweigen.

Kurz darauf kamen sie am Haupteingang an und ihre Wege trennten sich wieder.

„Danke für das anregende Gespräch", sagte Frida und fügte zögerlich hinzu: „Wenn Sie mir die Bemerkung erlauben: Für einen Gärtner kennen Sie sich erstaunlich gut aus mit der Welt und dem Leben. Haben Sie irgendetwas studiert?"

Der Gärtner lachte los.

„Ich studiere schon mein ganzes Leben lang, jeden Tag! Und ich habe die beste Lehrerin, die es gibt: die Natur!"

Frida nickte mit einem anerkennenden Lächeln.

„Ich hoffe, wir werden sie nicht umbringen, ihre Lehrerin."

„Ach, um die Natur mache ich mir keine Sorgen", entgegnete er. „Früher oder später wird sie sich wieder erholen. Die große Frage ist, ob wir Menschen überleben werden."

11. Ich

Frida bewunderte das Vertrauen, das der Gärtner in die Natur hatte, aber sie selbst wollte den Park nicht einfach seinem Schicksal überlassen. Da eine alte Frau wie sie alleine nichts gegen die drohende Zerstörung ausrichten konnte, dachte sie, es sei einen Versuch wert, den offiziell mächtigsten Mann der Stadt um Unterstützung zu bitten. Sie schrieb also eine lange E-Mail an den Bürgermeister und wartete voller Hoffnung auf eine Stellungnahme – doch vergeblich. Als sie nach über einer Woche immer noch keine Antwort bekommen hatte, griff sie zum Telefon und wollte es auf direktere Art und Weise probieren. Die nette Dame am anderen Ende hörte ihr aufmerksam zu, aber anstatt sie zum Stadtoberhaupt durchzustellen, erklärte sie ihr, dass der Bürgermeister momentan zu beschäftigt war. Die Kommunalwahlen standen kurz bevor und daher gab es andere Prioritäten als ein paar Bäume in einem Park. Enttäuscht legte Frida den Hörer auf und überlegte, ob sie noch etwas anderes tun konnte. Da ihr jedoch auf die Schnelle nichts einfiel, beschloss sie, sich erst einmal um jemanden zu kümmern, den sie in den letzten Wochen vernachlässigt hatte: ihre ehemalige Kollegin im Altenheim.

Während sie sich fertigmachte, lief im Hintergrund das Radio. Dieses Mal ging es nicht um Brände oder Überschwemmungen, sondern um Wasserknappheit. In Südafrika hatte es seit vielen Monaten nicht mehr geregnet, in mehreren Städten war bereits das Wasser rationiert worden und überall im Land standen die Menschen mit Kanistern in langen Schlangen vor den Abfüllstellen, um sich auf das Schlimmste vorzubereiten. Frida erinnerte sich an die Nachkriegszeit, als sie selbst erlebt hatte, was es bedeutet, wenn plötzlich kein Wasser mehr aus der Leitung kommt. Weder Dusche noch Toilette hatten funktioniert und jegliche Aktivität in der Küche war zu einer großen Herausforderung geworden. Letzten Endes war diese Notsituation irgendwann wieder vergangen, aber Frida wollte gerne darauf verzichten, diese Erfahrung zu wiederholen. In der modernen Welt war fließendes Wasser zu einer selbstverständlichen Nebensache geworden, dachte sie. Es wurde über schnelleres Internet und Expeditionen zum Mars diskutiert und dabei wurde völlig vergessen, dass wir trotz allen Fortschritts immer noch von den Launen des Regengottes abhängig sind.

Eine halbe Stunde später saß sie im Bus und starrte nach draußen. Anders als sonst fielen ihr dieses Mal die vielen zubetonierten Vorgärten auf. Abgesehen davon, dass sie den Lebensraum der Insekten reduzierten, waren sie auch überhaupt nicht schön anzusehen. Aber die Ästhetik war letzten Endes nur zweitrangig. Der Gärtner hatte recht gehabt: Wie soll die Natur uns weiterhin helfen, wenn wir ihr keinen Platz mehr lassen?

Als sie im Altenheim ankam und das Zimmer ihrer ehemaligen Kollegin betrat, hatte diese wie so oft die Augen starr zur Decke gerichtet. Frida setzte sich neben sie ans Bett und erzählte ein bisschen aus ihrem Leben. Doch ihre Gedanken drifteten immer wieder ab zu all den Problemen in der Welt und vor allem zum Park. Gab es wirklich nichts, was sie unternehmen konnte? Sie schaute sich in einem Akt der Verzweiflung hilfesuchend um, bis ihre Augen am Fernseher haften blieben. Es lief gerade ein Werbespot für eine Immobilienwebseite. Frida starrte auf den Bildschirm und dann kam ihr auf einmal eine Idee. Natürlich! Ihr Sohn!

Sie verabschiedete sich mit einer liebevollen Umarmung von ihrer ehemaligen Kollegin und verließ mit neuem Tatendrang das Altenheim. Doch kaum hatte sie die Straße erreicht, fühlte sie, wie ihre Zuversicht sank. Konnte sie wirklich Hilfe von ihrem Sohn erwarten? Würde ein Gespräch mit ihm nicht sowieso nur zu weiterem Frust führen? Sie spürte tief im Inneren Angst aufsteigen. Angst vor neuer Enttäuschung, Angst vor dem Abriss des Parks und Angst vor der bedrohlichen Zukunft. Eine Zukunft ohne Wasser und ohne Insekten, dafür mit Ernteausfällen, stickiger Luft und neuen tödlichen Viren vor der eigenen Haustür. Wie sollte ein einzelner Mensch mit so vielen Sorgen fertig werden?

Kurz vor der Bushaltestelle blieb sie stehen und schüttelte den Kopf. Es war manchmal einfach zu viel – selbst eine Frida for Future brauchte ab und zu eine Pause. Und da sie an diesem Tag, einem Freitag, weder die Welt noch die Menschheit oder den Stadtpark retten konnte, entschied sie sich, wenigstens ihr schweres Herz aus der

Versenkung zu retten. Sie brauchte eine kleine Auszeit von dem ganzen Drama, um eine womöglich drohende Depression zu verhindern. Es war wichtig, sich trotz aller Probleme etwas Gutes zu tun und Körper, Geist und Seele wieder zu stärken.

Anstatt also zu riskieren, ihre Ängste und Frustrationen noch mehr zu vergrößern, ging sie geradewegs in den nahegelegenen Biosupermarkt und bestellte sich ein großes Stück Kuchen mit extra viel Sahne. Anschließend fuhr sie nach Hause, hörte ihre alten Platten und tanzte, und am Abend gönnte sie sich ein Glas Wein und las, diesmal keine Berichte über den Klimawandel, sondern einen spannenden Roman. Und als sie kurz vor Mitternacht im Bett lag, breitete sich auf ihrem Gesicht ein glückliches Lächeln aus. Selbst in den größten Krisen gab es Momente, die das Leben lebenswert machten.

Am nächsten Morgen frühstückte Frida in aller Ruhe, bevor sie sich erneut auf den Weg zur Bushaltestelle begab. Dieses Mal fuhr sie nicht zum Altenheim, sondern in die entgegengesetzte Richtung bis ans andere Ende der Stadt. Sie hatte sich absichtlich nicht bei ihrem Sohn angekündigt, denn sonst hätte er ihr wahrscheinlich irgendeine Ausrede erzählt, warum ihm ein Besuch gerade nicht passte. Von ihrer Schwiegertochter hatte sie erfahren, dass an diesem Wochenende keine Reise in die Ferienwohnung nach Mallorca geplant war, und da er Samstagvormittags meistens daheim war, rechnete sie sich gute Chancen aus, ihn anzutreffen.

Während sie im Bus saß und wie gewohnt aus dem Fenster sah, versuchte sie, das negative Bild, das sie von ihrem Sohn hatte, durch eine wohlwollende Einstellung zu ersetzen. Vielleicht würde er sie ja überraschen und seine Hilfe anbieten, den Park zu retten. Vielleicht hatte ihn der Streit mit Paul zum Nachdenken gebracht.

Die Fahrt dauerte fast eine Dreiviertelstunde. An der letzten Haltestelle stieg Frida aus, ging noch zehn Minuten zu Fuß und erreichte schließlich das große, alleinstehende Haus. Sie atmete noch einmal tief durch, dann marschierte sie entschlossen zur Tür und klingelte. Von Innen ertönten Schritte und kurz darauf wurde ihr geöffnet.

„Mutter!", stieß ihr Sohn verwundert aus. „Was machst du denn hier?"

Er war genau so groß und alt wie der Gärtner, hatte allerdings keine grauen Locken, sondern eine Glatze.

„Ich muss mit dir reden."

„Jetzt?"

Sie nickte.

„Ich habe gerade eigentlich keine Zeit. Kannst du nicht wann anders ..."

„Es ist wichtig", unterbrach sie ihn mit ernster Miene.

Er zögerte einen Moment, merkte an ihrem Blick aber schnell, dass sich seine Mutter nicht abwimmeln lassen würde.

„Also gut, komm rein."

Frida folgte ihm ins Wohnzimmer, legte ihren Mantel ab und setzte sich an den langen Esstisch. Ihr Sohn ließ sich neben ihr am Kopfende des Tisches nieder. Sowohl

Paul als auch ihre Schwiegertochter waren nicht da, was Frida sehr gelegen kam. Sie zog es vor, mit ihrem Sohn unter vier Augen zu sprechen.

„Wie du dir denken kannst, geht es um den Park."

Ihr Sohn verschränkte die Arme vor der Brust und hörte sich an, was Frida zu sagen hatte. Dass der Park ein Gemeingut sei, dass er allen gehört und dass es eine Schande wäre, wenn die alten Bäume zerstört werden würden, um Wohnungen für einige wenige Privilegierte zu bauen.

„Selbst wenn ich wollte, könnte ich nicht wirklich etwas daran ändern", sagte er, als sie zu Ende geredet hatte. „Die endgültigen Kaufentscheidungen werden in meiner Firma von anderen getroffen."

„Selbst wenn du wolltest? Dir ist der Park also egal?"

„Nein, egal ist er mir nicht. Aber wir brauchen in der Stadt nun mal neue Wohnungen in guter Lage. Sollen die Leute unter Brücken und Bäumen schlafen?"

„Ihr könntet auch am Stadtrand bauen."

„Könnten wir, ja. Aber der Park ist doch sowieso nicht zu retten. Wenn wir ihn nicht kaufen würden, würde es eine andere Immobilienfirma tun."

Sie sah ihn entsetzt an. Bisher fehlte leider jegliches Zeichen einer positiven Überraschung.

„Und das ist ein Grund für dich? Bevor andere die Bäume fällen, fällst du sie lieber selbst?"

Ihr Sohn seufzte genervt.

„Ist dir eigentlich bewusst", fuhr Frida fort, „dass die Erhaltung des Parks eine große Chance ist, lokal Klimaschutz zu betreiben?"

„Fängst du jetzt auch mit dem Klimaschwachsinn an?"

„Schwachsinn?"

„Ja, Schwachsinn! Es scheint so, als wären alle verrückt geworden, nur weil sich die Temperatur um ein paar Grad ändert. Warum herrscht auf einmal eine solche Hysterie?"

„Ganz einfach: Weil sich der Klimawandel immer mehr beschleunigt! Und es ist ja auch nicht so, als hätte uns vorher noch nie jemand gewarnt. Seit vierzig Jahren reden die Wissenschaftler über die Probleme, aber die meisten von uns haben bisher einfach nicht richtig zugehört."

„Ach, die Wissenschaftler", entgegnete ihr Sohn abfällig. „Diese Alarmisten übertreiben doch immer."

„Eben nicht. Leider haben sie die Entwicklungen sogar unterschätzt."

„Das einzige, was sie unterschätzen, ist ihre eigene Ahnungslosigkeit. Als ob ein bisschen CO_2 in der Luft irgendeinen Unterschied ausmachen würde."

„Bist du jetzt ein Klimaexperte?", fragte Frida.

„Nein. Du?"

„Nein, aber ich habe mich ausführlich mit dem Thema befasst. Außerdem reicht es doch schon, die Nachrichten zu verfolgen. Die ganzen Waldbrände und Stürme und ...“

„Jetzt hör mir aber auf!", fuhr ihr Sohn schroff dazwischen. „Plötzlich soll an allem der Klimawandel schuld sein? Das ist doch lächerlich! Wenn ich das nächste Mal einen Sonnenbrand habe, soll ich dann auch die Kohlekraftwerke verklagen?"

Frida starrte ihn stumm an. Es wunderte sie nicht im Geringsten, dass sich Paul so oft mit seinem Vater stritt.

Nicht nur, dass ihr Sohn ein sturer Dickkopf war, sondern seine Art zu argumentieren war einfach zum Verzweifeln. Sie atmete tief durch und versuchte es mit mehr Ruhe.

„Was wäre denn, wenn die Wissenschaftler recht hätten? Das kannst du doch nicht ausschließen."

Ihr Sohn überlegte kurz.

„Gut, was wäre dann?"

„Dann müssten wir Maßnahmen ergreifen, damit sich die Klimakrise nicht weiter verschärft."

„Und wie sähen diese Maßnahmen aus? Soll ich mein Auto verkaufen und mit dem Fahrrad bei den Kunden vorfahren?"

„Das wäre tatsächlich eine Möglichkeit", erwiderte sie nüchtern. „Es würde allerdings bereits helfen, wenn du ein kleineres Auto fahren würdest. Und weniger fliegen und weniger Fleisch essen und den Park einfach stehenlassen."

Wieder seufzte er.

„Das ganze Theater wegen ein paar alter Bäume."

„Ja. Das ganze Theater wegen ein paar alter Bäume! Ist es denn wirklich so schwer, den eigenen, dekadenten Lebensstil etwas zu ändern?"

„Dekadent? Wo bin ich denn dekadent?"

Frida warf ihm einen ungläubigen Blick zu.

„Willst du mir sagen, du brauchst fürs gute Leben ein Haus in Spanien, zwei dicke Autos und jeden Abend ein Steak?"

„Also wenn du das dekadent nennst", ereiferte er sich, „dann wären alle meine Nachbarn ebenfalls dekadent."

Frida zuckte mit den Schultern.

„Mir ist es ja vom Prinzip her völlig egal, wie ihr lebt", sagte sie. „Das Problem ist jedoch, das andere für euren Wohlstand leiden müssen. Und nicht nur für euren – für meinen ebenfalls. Es herrscht einfach eine riesige Ungleichheit! Verglichen mit der großen Mehrheit der Weltbevölkerung führen wir ein Dasein wie Könige und Königinnen. Wir beuten andere aus, damit wir in Saus und Braus leben können. Findest du das fair?"

Nun war es ihr Sohn, der mit den Schultern zuckte.

„Außerdem sind es auch genau diejenigen, die wir ausbeuten, die am meisten unter den Folgen des Klimawandels leiden werden. Und es geht dabei auch nicht nur um Menschen – was ist mit den ganzen Tieren, die wegen uns vom Aussterben bedroht sind?"

„Ganz ehrlich: Die Tiere interessieren mich nicht. Und wenn du von Ungleichheit redest, solltest du vielleicht mal hinterfragen, warum wir es geschafft haben, uns weiterzuentwickeln, während anderswo die Leute immer noch durch den Busch rennen."

Frida sah ihn fassungslos an.

„Ich habe mein ganzes Leben geschuftet und geackert, warum sollte ich mich jetzt einschränken und auf schöne Dinge verzichten, nur weil andere faul sind?"

„Meinst du im Ernst, in anderen Teilen der Welt schuften die Menschen nicht?"

„Wir können uns doch nicht immer um die anderen kümmern", erwiderte er gereizt und ungeduldig. „Sollen wir etwa aus dem ganzen Planeten ein Sozialamt machen? Jeder ist für sein eigenes Glück verantwortlich. Wenn jemand das nicht begreift, dann ist das nicht mein Problem."

„Die Klimakrise ist aber sehr wohl auch dein Problem. Oder glaubst du, das Klima schert sich um Grenzen? Du kannst nicht einfach eine Mauer bauen, um dich vor Stürmen und Trockenheit zu schützen. Und selbst wenn dich die Menschen auf anderen Kontinenten nicht interessieren, was ist mit Paul? Was ist mit all denen, die noch viele Jahre vor sich haben und unter extremen Bedingungen leben werden müssen, nur weil wir nicht bereit waren, etwas von unserem Wohlstand aufzugeben?"

„Du dramatisierst wieder", sagte er. „So schlimm wird es gar nicht werden. Und wenn doch, dann werden eben diejenigen eine Lösung finden müssen, die es betrifft. Ich muss mich auch um meine Probleme kümmern. Warum sollte das für andere nicht gelten?"

Es war zwecklos, dachte Frida. Nur Rechtfertigungen und keinerlei Einsicht. Ähnliche Worte hatte sie bereits von dem Geschäftsmann in ihrem Haus gehört. Sie stellte sich vor, was wäre, wenn die jungen Menschen auch so denken würden. Wenn es zum Beispiel eine Pandemie gäbe, eine hoch ansteckende Krankheit, die der jungen Generation nichts anhaben kann, alle anderen aber reihenweise ins Grab befördert. Wie würden sich die älteren Menschen fühlen, wenn die jüngeren sich nicht an Schutzmaßnahmen halten würden mit der Begründung, es sei ja nicht ihr Problem?

In ihrer langen Geschichte hatte die Menschheit so viel erreicht, es gab beeindruckenden technologischen Fortschritt, heilende Mittel für unzählige Leiden und eine nie dagewesene Fülle an kulturellen Schätzen. Aber an dem menschlichen Egoismus hatte sich nichts geändert. Die Eisberge an den Polen tauten immer schneller ab, aber das dringend nötige Mitgefühl, das jeder Mensch zweifelsohne in sich trug, war bei einigen immer noch tiefgefroren.

Sie fragte sich, was sie und ihr Mann wohl falsch gemacht hatten, dass ihr Sohn sich zu einer so rücksichtslosen und selbstverliebten Person entwickelt hatte. Manchmal war sie sich nicht sicher, ob er überhaupt ihr Sohn war. Er war für sie wie ein Fremder, mit dem sie am liebsten nichts zu tun haben würde. Wie gerne hätte sie an seiner Stelle jemanden wie den Gärtner in der Familie gehabt. Jemand, der leidenschaftlich über die Natur und das Gemeinwohl sprach, statt immer nur an seinen eigenen Vorteil zu denken. Und was das Ganze noch unerträglicher machte, war die Tatsache, dass Menschen wie ihr Sohn, die rücksichtslos ihre eigenen Ziele verfolgten, auch noch von der Gesellschaft mit hohem Ansehen belohnt wurden. Der Gärtner hingegen, der stets bedacht war, sich um das Wohlergehen aller Lebewesen zu kümmern, konnte von solchem Ansehen nur träumen. Wer Bäume pflegte, war der Dumme, während diejenigen, die sie fällten, zu Helden aufstiegen.

Nach langem Schweigen stand Frida schließlich auf. Die Überraschung war ausgeblieben und es gab für sie keinen Grund, noch länger im Haus ihres Sohnes zu bleiben.

„Pass auf dich auf", sagte er zum Abschied.

Sie nickte.

„Und du könntest vielleicht anfangen, auch mal auf andere aufzupassen."

Dann drehte sie sich wortlos um und verließ ihren Sohn und seine seltsamen Ansichten.

Auf dem Weg zurück zur Bushaltestelle ließ Frida das Gespräch noch einmal Revue passieren. Sie konnte nicht nachvollziehen, warum sich ihr Sohn so gleichgültig gegenüber dem Leid anderer verhielt. Bedauerlicherweise war er auch kein Einzelfall. Aber gerade deswegen, weil es von diesen unbelehrbaren, unsozialen Leuten viel zu viele gab, hatte ihr Gespräch auch etwas Gutes gehabt. Frida war klar geworden, dass nette Worte und individuelle Veränderungen nicht ausreichen, um die Welt zu verbessern. Sie musste sich noch viel mehr mit anderen zusammenschließen und politischen Druck ausüben, denn ohne Druck würde es nie die sinnvollen und verbindlichen Regeln geben, die nötig waren, um die Egoisten zu bändigen. Ein gemeinsamer Aufstand war notwendig, gegen die Klimasünden und gegen den wuchernden Narzissmus. Eine Rebellion gegen das Aussterben von Herz und Verstand!

12. Rebellion

Den Rest des Wochenendes verbrachte Frida daheim. Sie dachte lange über all die Ereignisse der vergangenen Wochen nach. Über die Dinge, die sie gelernt und verändert hatte, über ihre Erfolge und Misserfolge, über ihre Ängste und Hoffnungen. Ihr Enkel Paul und die Wissenschaftler hatten sie ausführlich über den Notstand der Welt aufgeklärt und die Krankenpflegerin, der Gärtner und viele Nachbarn hatten ihr das Gefühl gegeben, den richtigen Weg eingeschlagen zu haben. Es war ein schwerer, ein steiniger Weg, aber es war der einzige Weg, der hinaus aus der Dunkelheit führte.

Die Klima- und Umweltkrise waren höchst bedrohlich, doch glücklicherweise war es noch nicht zu spät. Die Menschheit hatte nach wie vor alle Möglichkeiten, ihr eigenes düsteres Schicksal abzuwenden und gemeinsam eine bessere Zukunft zu gestalten. Und genau das war es, was Frida am meisten frustrierte: Es fehlte nicht an Lösungen, sondern sie wurden einfach nicht umgesetzt. Statt entschlossen zu handeln, akzeptierten viele noch nicht einmal, dass es überhaupt ein Problem gab. Ohne aber das Problem zu erkennen und offen und ehrlich damit umzugehen, wie sollte es da je gelöst werden?

Manchmal zweifelte sie, ob genügend Menschen rechtzeitig aufwachen würden. Sie musste nur an ihren Sohn denken und schon schwand der Glaube, dass die Krise überwunden werden konnte. Bevor er seine Urlaubsflüge verringern und ein kleines Auto wählen würde, würde er eher einen Krieg gegen die Inder und Chinesen beginnen, da diese doch die größten Verschmutzer auf der Welt waren. Doch wer hatte mit der Verschmutzung und der Ausbeutung angefangen? Und wem half es, wenn die eigene Verantwortung völlig ignoriert wurde?

Frida hatte bereits einige Male gelesen, dass die Klimakrise zu einem gewaltigen Generationenkonflikt führen könnte. Jung gegen Alt, Wandel gegen Stillstand. Sie konnte gut verstehen, dass die jungen Leute wütend auf die alten waren, denn diese hatten schließlich das Chaos angerichtet. Viel schlimmer fand sie jedoch, dass viele Menschen ihrer eigenen Generation nicht bereit zu sein schienen, nun wenigstens beim Aufräumen zu helfen. Dabei konnte es so befreiend und wohltuend sein, die eigenen verrosteten Gewohnheiten loszulassen und Platz zu schaffen für neue Erfahrungen.

Dank der Liste des Handelns hatte Frida nicht nur angefangen, der Umwelt zu helfen, sondern sie hatte auch neue Freunde gewonnen und hatte endlich wieder das Gefühl, etwas Sinnvolles zu tun. Es waren meist nur kleine Veränderungen gewesen, doch in der Summe hatten sie ihren ökologischen Fußabdruck stark verkleinert. Sie hatte ihr Konto nun bei einer ethischen Bank und der Strom, den sie nutzte, wurde von Sonne und Wind produziert; Kuhmilch kaufte sie gar nicht mehr und Fleisch aß sie höchstens zweimal pro Woche. Der Lieferservice des

Hofladens versorgte sie mit regionalen Bioprodukten und hatte auch dazu beigetragen, dass der Plastikmüll, den sie entsorgen musste, stark zurückgegangen war. Außerdem versuchte sie, so oft wie möglich den Aufzug und den Bus zu vermeiden und stattdessen wieder viel mehr ihre eigene Muskelkraft zu benutzen, um von A nach B zu kommen. Und wenn eine zweiundachtzigjährige Frau all das tun konnte, dann gab es für die meisten anderen eigentlich auch keine Ausreden, in Untätigkeit zu verharren.

Frida war sich bewusst, dass bestimmte Veränderungen für manche Leute schwierig waren. Ein Handelsvertreter konnte nicht wirklich auf sein Auto verzichten und eine Spitzensportlerin konnte nicht zu jedem internationalen Wettkampf mit dem Zug fahren; viele alleinerziehende Mütter waren leider nicht in der Lage, ausschließlich Bioprodukte zu kaufen, und ein Student konnte sich nicht immer Fairtrade-Kleidung leisten. Doch es ging gar nicht darum, alles direkt perfekt zu machen, sondern sich immer wieder neu inspirieren zu lassen und Schritt für Schritt den Weg weiterzugehen. Sich regelmäßig zu fragen, wo noch Handlungsspielraum bestand und was noch alles zu einer nachhaltigeren und faireren Welt beigesteuert werden konnte. Und diejenigen, die noch gar nicht losgegangen waren, mussten sich fragen, wie sie den Rest ihres Lebens verbringen wollten. Letzten Endes lag es an jedem Einzelnen, Teil des Problems zu bleiben oder Teil der Lösung zu werden.

Leider entschied sich nicht jeder dafür, zur Lösung beizutragen. Manchen fehlte das Bewusstsein, wie Fridas

Sohn, anderen der Mut, wie ihrer Schwiegertochter. Wieder andere versuchten zwar etwas zu tun, doch viel zu oft blieb es bei schön klingenden Absichten – ändern tat sich so gut wie nichts. In der Politik war das häufig so und in der Wirtschaftswelt ebenfalls. Da es also unrealistisch war, darauf zu hoffen, dass alle irgendwann von alleine handeln würden, und da es weder bei der Klimakrise noch beim Park Zeit gab, geduldig auf ein Wunder zu warten, musste eine andere, wirkungsvollere Strategie her.

Frida hatte bereits beim Lieferservice des Hofladens Erfahrung mit einer solchen Strategie gesammelt genau wie ihr Enkel Paul bei der Fridays for Future-Bewegung. Es war der letzte Punkt auf der Liste des Handelns: sich gemeinsam engagieren! Sich zusammenzuschließen und mit vereinten Kräften gegen die Zerstörung der Natur zu kämpfen.

Noch am Sonntagabend traf sich Frida mit Paul und einigen anderen Aktivisten, um einen Plan zur Rettung des Parks auszuarbeiten. Sie wollten mit einer gezielten Protestaktion die Aufmerksamkeit der Stadtbevölkerung auf den drohenden Verlust des Parks lenken und Druck auf die Lokalpolitiker ausüben. Die globale Klimakrise war für manche vielleicht zu abstrakt und schien zu weit weg, aber wenn es darum ging, alte Bäume in der Nachbarschaft zu schützen, konnte niemand von zu abstrakt und zu weit weg reden.

Sie beschlossen, die Demonstration bereits am folgenden Freitag durchzuführen. Damit möglichst viele mitmachen würden, mussten sie ordentlich die Werbetrommel rühren. Flugzettel wurden gedruckt und in der ganzen Stadt verteilt und Paul und seine Freunde kündigten die Aktion in den sozialen Netzwerken an. Zusätzlich griffen sie zu einer eher ungewöhnlichen, aber sehr effektiven Werbemaßnahme: Einen Tag vor dem Protest versammelte sich eine zwanzigköpfige Gruppe von ihnen im Stadtzentrum und auf ein Zeichen hin ließen sie sich auf den Boden fallen und stellten sich tot. Fast alle Passanten blieben neugierig stehen und bekamen von Frida und einigen anderen Helfern Zettel in die Hand gedrückt.

„Warum liegen die da?", fragte ein kleines Mädchen.

„Weil sie uns warnen wollen", antwortete Frida. „Wenn wir nichts tun, werden die vielen schönen Bäume im Park bald ebenfalls tot auf der Erde liegen."

Das Mädchen schaute entsetzt zu ihrer Mutter auf.

„Mama, das dürfen wir nicht zulassen! Weil ohne die Bäume, wie sollen wir da leben?"

Frida lächelte. Die Botschaft war angekommen.

Als sie am nächsten Morgen aufwachte, war sie aufgeregt und voller Zuversicht. In den vergangenen Tagen hatten ihr viele Leute gesagt, dass sie auf jeden Fall kommen würden. Doch dann schaute sie nach draußen und sah dunkle, graue Wolken am ganzen Himmel. Was, wenn es regnen würde? Wie viele wären bereit, für das Wohl der Bäume Kälte und Nässe zu ertragen? Sie faltete die Hände und sendete ein Stoßgebet los. Es musste unbedingt trocken bleiben, sonst war der Erfolg ihrer Aktion in großer Gefahr.

Der Wettergott war an diesem Tag aber anscheinend mit anderen Dingen beschäftigt und überhörte das Gebet. Gegen Mittag setzte der Regen ein und laut der Nachrichtensprecherin im Radio würde er auch für den Rest des Tages nicht mehr aufhören. Frida ließ sich enttäuscht aufs Sofa fallen und war den Tränen nahe. Sollte ihre ganze Arbeit umsonst gewesen sein? Was, wenn sie die Einzige am Treffpunkt sein würde? Ihr lief ein eisiger Schauer über den Rücken. Wartete womöglich eine weitere große Enttäuschung auf sie? Vielleicht war es am besten, dachte sie für einige Momente, selbst erst gar nicht hinzugehen.

Sie atmete tief ein und aus und suchte nach neuer Kraft, bis ihr schließlich ihr Gewissen zu Hilfe kam. Nein, sie würde es sich nie verzeihen, die Bäume im Stich zu lassen. Selbst wenn sie die Einzige wäre, die draußen im Regen Wache stand, wäre es immer noch besser, als wieder in die Tatenlosigkeit auf dem gemütlichen Sofa zu verfallen. Außerdem hatte sie vor einigen Tagen mit einer ehemaligen Schülerin telefoniert, die für einen überregionalen Fernsehsender arbeitete. Sie hatte ihr fest versprochen, mit einem Kamerateam zu kommen. Zur Not mussten sie eben eine alte Frau filmen, die alleine im Regen stand und für die Bäume kämpfte.

Nach dem Mittagessen ruhte Frida sich noch etwas aus, dann nahm sie ihren Schirm und das selbstgemalte Protestplakat und spazierte Richtung Park. Die Demonstration war für fünfzehn Uhr angesetzt, direkt am Haupteingang. Frida kam fast zwanzig Minuten zu früh an und war deswegen vorerst nicht beunruhigt, dass sie die

Einzige war. Sie stellte sich genau in die Mitte des Eingangs und wartete.

Eine Minute verging, dann zwei, dann drei, dann fünf. Von anderen Demonstranten fehlte weit und breit jede Spur. Sie stieß einen leisen Seufzer aus und wartete weiter. Ein paar Autos fuhren vorbei und in der Ferne hörte sie die Sirene eines Krankenwagens. Was wäre, wenn der Krankenwagen trotz eingegangenen Notrufs nicht kommen würde? Der Park, die Erde und Milliarden ihrer Lebewesen hatten einen solchen Notruf ausgesandt – würde jemand zur Hilfe kommen?

Weitere fünf Minuten passierte nichts, doch dann, um zehn vor drei, klopfte ihr plötzlich jemand auf die Schulter.

„Paul!", rief sie und fiel ihm um den Hals. „Wie schön, dass du gekommen bist."

Endlich mal wieder einen Freitag mit ihrem Enkel verbringen, das reichte eigentlich schon, dachte Frida.

„Hast du etwa gedacht, ich würde hier nicht auftauchen?", fragte er erstaunt. „Und hast du gedacht, ich komme alleine?"

Er drehte sich zur Seite und als Frida sah, wen er mitgebracht hatte, fiel sie vor Freude fast in Ohnmacht: Aus dem Park strömte ein breiter Fluss aus bunten Plakaten und Regenschirmen direkt auf sie zu. Und nicht nur das, auf einmal hörte sie auch hinter sich Stimmen. Sie drehte sich um und dann war es um sie geschehen. Tränen der Erleichterung flossen ihre Wangen hinunter. Aus allen Richtungen trudelten kleine und große Gruppen ein, sie sangen und trommelten und ihre Schilder und Schirme tanzten in der Luft.

Frida fasste die Hand ihres Enkels und drückte sie fest.

„Schau nur, wie viele es sind!"

Schon bald war die ganze Rasenfläche zwischen Park und Straße mit demonstrierenden Menschen gefüllt. Alle waren gekommen: Fridas Nachbarn, die Krankenpflegerin aus dem Altenheim, die Leute vom Hofladen und noch viele andere, die sie überhaupt nicht kannte. Es waren Hunderte, wenn nicht gar Tausende! Sie hätte am liebsten jeden Einzelnen umarmt. Dann ein Hupen, die Menge ging auseinander und auf dem kleinen Gehweg rollte der Gärtner auf einem Traktor heran. Er zog einen großen Anhänger hinter sich her, beladen mit Schaufeln und jungen Bäumen.

„Ich dachte, ich bringe euch etwas zu tun," grinste er, als er abstieg.

Die Schaufeln wurden verteilt und kurz darauf begann eine kleine Armee von Aktivisten, die jungen Bäume einzupflanzen. Während die Menge applaudierte, wurde auf der Rasenfläche in langen Reihen ein Schutzwall angelegt, um den dahinter liegenden Park zu verteidigen.

„Was für eine großartige Idee!", sagte Frida und klatschte ebenfalls in die Hände.

Dann zupfte Paul sie am Ärmel und deutete zur anderen Straßenseite. In einem großen Geländewagen erkannte sie ihren Sohn und noch zwei andere Männer.

„Der eine ist sein Chef", sagte Paul, „der andere der Bürgermeister."

Die Männer musterten die fröhlichen Demonstranten und rebellischen Gärtner mit skeptischen Blicken.

„Eigentlich wäre jetzt der perfekte Moment", murmelte Frida und schaute suchend die Straße hinunter.

„Was meinst du?", fragte Paul.

„Ich habe auch noch eine Überraschung. Warte ... Da! Da sind sie!"

Sie zeigte zu der nahen Kreuzung und wenig später fuhr ein Übertragungswagen vor den Parkeingang.

„Alte Kontakte", zwinkerte sie ihm zu.

Ihre ehemalige Schülerin stieg aus, begleitet von zwei Kameraleuten, grüßte Frida und Paul und machte sich dann sofort daran, Interviews zu führen und die kraftvollen, farbigen Bilder des Protests einzufangen.

Als Fridas Sohn das Kamerateam sah, startete er den Wagen und brauste verärgert mit seinen Komplizen davon. Frida und Paul sahen ihnen noch kurz hinterher, dann schenkten sie sich ein triumphierendes Lächeln und gesellten sich zu den anderen. Sie wussten, dass sie ihr Ziel noch lange nicht erreicht hatten, aber an diesem Tag, natürlich einem Freitag, hatten sie den Kampf gewonnen.

Am Abend fiel Frida erschöpft ins Bett, doch trotz aller Müdigkeit lag sie noch eine lange Weile wach. Sie fühlte sich, als hätte sie eine große Spritze Hoffnung verabreicht bekommen. So viele Leute auf der Straße zu sehen, trotz Regen und Kälte, das machte einfach ungeheuer viel Mut. Es war fast ein wenig so, als hätte sie eine neue Familie gefunden – eine Familie von Menschen, die alle an eine bessere Zukunft glaubten und bereit waren, ihren guten Absichten Taten folgen zu lassen. Warum sollte sich diese Aktivistenfamilie nicht auf die ganze Welt ausbreiten? Eine friedliche Revolution, angetrieben von grenzenlosem Zusammenhalt und der Liebe für das Leben.

Ein langer Weg lag vor ihnen, der Park war noch nicht gerettet und die Klimakrise noch nicht überwunden. Aber immerhin waren sie losgegangen. Das Ziel lag irgendwo in der unbekannten Zukunft und vielleicht würden sie es nie erreichen, aber zumindest für den Moment fühlte es sich gut an, unterwegs zu sein.

Das Wichtigste war nun, weiterzugehen. Den medialen Druck aufrechtzuerhalten mit Hilfe von kreativen Aktionen und zivilem Ungehorsam, sich in Zeiten von Angst und Enttäuschung gegenseitig zu unterstützen und sich auf dem Weg hin zu einem nachhaltigen und fairen Lebensstil gegenseitig zu inspirieren. Die individuellen Veränderungen und der politische Wandel waren beide gleich wichtig. Ich und wir, unzertrennbar wie Bruder und Schwester.

Vielleicht war die Klimakrise die große Chance für die Menschheit, ihren elendigen Konkurrenzkampf in blühende Kooperation zu verwandeln, dachte Frida, kurz bevor sie einschlief. Endlich zu verstehen, dass wir uns alle zusammen auf derselben Kugel durchs All bewegen. Endlich eins werden.

Es war gut möglich, dass es nicht nur eine große Chance, sondern auch die letzte Chance war. Denn ohne gravierende Änderungen, ohne eine gesunde Gemeinschaft und ohne Respekt für die Natur – wie sollten die Menschen da noch länger als ein paar Jahrzehnte überleben? Mehr noch: Wer wollte in so einer Welt überhaupt bis in alle Ewigkeit überleben?

Noch war das tragische Ende allerdings nicht erreicht. Und so lange es noch Hoffnung gab, so lange würden sie weitermachen. Alte und Junge, Arme und Reiche, Schwarze und Weiße – sie alle wollten eine glückliche Zukunft und dafür brauchten sie eine glückliche Erde.

Frida lächelte ein letztes Mal.

Ja, sie waren viele und sie wurden immer mehr.

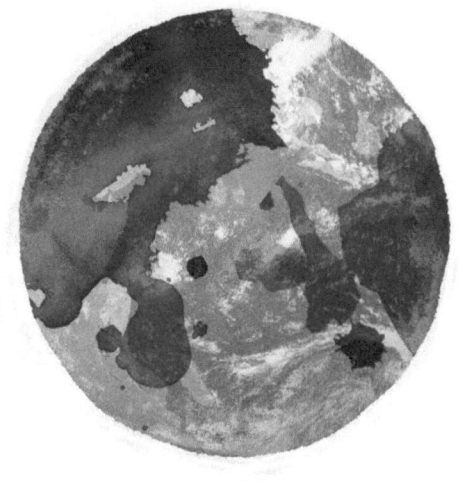

Werde Teil der Lösung!

www.omasforfuture.de
www.fridaysforfuture.de

www.clausmikosch.com

FRIDAYS *for* FRIDA

Eine alte Frau, eine
kaputte Welt und ein
neuer Funken Hoffnung

gesprochen von
Leonard Hohm

Claus Mikosch

FRIDAYS *for* FRIDA

Eine alte Frau,
eine kaputte Welt
und ein neuer
Funken Hoffnung

Erhältlich als Taschenbuch, E-Book und Hörbuch

www.fridaysforfrida.de